»Unser Deutschlandmärchen« erstreckt sich vom Anfang des letzten Jahrhunderts bis beinah in die Jetztzeit. Dinçer Güçyeter lässt nichts aus, keine Vergewaltigung, kein Missverständnis, keinen Konflikt am Arbeitsplatz, ganz gleich ob in der Schuhfabrik, beim Bauern auf dem Feld oder in der eigenen Kneipe. Und dann ist da noch die Erwartung der Mutter an den heranwachsenden Sohn, der ihr als starker Mann zur Seite stehen soll, selbst jedoch eine gänzlich andere Vorstellung von einem erfüllten Leben hat.

Dieser preisgekrönte Roman ist eine Familiengeschichte in vielen Stimmen. Frauen mehrerer Generationen und der in Almanya geborene Sohn erinnern sich in poetischen, oft mythischen, kräftigen Bildern und in Monologen, Dialogen, Träumen, Gebeten, Chören. Dinçer Güçyeter erzählt vom Schicksal türkischer Griechen, von archaischer Verwurzelung in anatolischem Leben und von der Herausforderung, als Gastarbeiterin und als deren Nachkomme in Deutschland ein neues Leben zu beginnen.

Dinçer Güçyeter, geboren 1979 in Nettetal, ist ein deutscher Theatermacher, Lyriker, Herausgeber und Verleger. Von 1996 bis 2000 absolvierte er eine Ausbildung als Werkzeugmechaniker, zwischenzeitlich war er als Gastronom tätig. Im Jahr 2012 gründete Güçyeter den ELIF Verlag mit dem Programmschwerpunkt Lyrik. Seinen Verlag finanziert Güçyeter bis heute als Gabelstaplerfahrer in Teilzeit. 2017 erschien »Aus Glut geschnitzt«, und 2021 »Mein Prinz, ich bin das Ghetto«. 2022 wurde Güçyeter mit dem Peter-Huchel-Preis ausgezeichnet. Sein Roman »Unser Deutschlandmärchen« wurde 2023 mit dem Preis der Leipziger Buchmesse ausgezeichnet. Er ist Vater von zwei Kindern und lebt in Nettetal.

Weitere Informationen finden Sie auf www.fischerverlage.de

Dinçer Güçyeter

Unser Deutschlandmärchen

Roman

FISCHER TASCHENBUCH

Der Autor dankt der Kulturstiftung NRW für das Projektstipendium und dem Ministerium für Kultur und Wissenschaft des Landes Nordrhein-Westfalen für die Förderung dieses Textes durch ein Arbeitsstipendium.

Kunststiftung NRW

Ministerium für
Kultur und Wissenschaft
des Landes Nordrhein-Westfalen

FSC www.fsc.org
MIX
Papier | Fördert gute Waldnutzung
FSC® C083411

Erschienen bei FISCHER Taschenbuch
Frankfurt am Main, 2024

Lizenzausgabe mit freundlicher Genehmigung
des Verlags mikrotext, Berlin.

Fotografien, auch Covervorlage: aus dem Privatarchiv des Autors
Lektorat: Wolfgang Schiffer

Druck und Bindung: CPI books GmbH, Leck
ISBN 978-3-596-70986-1

Vater, Mutter, wohin jetzt mit mir

wohin mit dieser Geschichte

Das Lied der Nachtfalter / Hanife

Hanife ist mein Name. Ich bin die Tochter der Nomadin Ayşe und von Ömer Bey. Ömer Bey, der unter seinem Dach fünf Frauen für den Nachwuchs, für seinen Stamm sammelte. Ich werde euch kurz meine Geschichte erzählen, dann meine schwere Zunge meiner Tochter Fatma übergeben. Dinçer, mein Enkelsohn, er will es so. Ich war zunächst die Frau des Tabakschmugglers Osman. Seine Leiche wurde eines Morgens in den Hof getragen. Ich weiß nicht, warum er so plötzlich gestorben war. Manche sagten, sein Herz hätte aufgegeben, andere wiederum, man hätte ihn erschossen. Er war tot, und so war ich nicht mehr seine Frau, ich durfte seinen Körper nicht mehr anfassen, das wäre für mich als Witwe eine Sünde gewesen.

Hanife ist mein Name. Ich bin die Tochter der Nomadin Ayşe. Sie kam aus Griechenland, als viele Menschen auf einmal das Land verlassen sollten. Zusammen mit vielen anderen Frauen wurde sie auf einem Pferdekarren auf den Marktplatz des Dorfes gefahren. Es gibt in unserem Glauben eine Regel, die den Männerschwänzen dient: Ein obdachloses Weib zu behüten, ist die Pflicht eines jeden Mannes. Die ersten Männer dieser Frauen waren im Krieg gefallen. Jetzt warteten hier die nächsten auf sie, mit ihren steifen Werkzeugen. Bekamen die Möglichkeit, das Gewissen ihrer Schwänze zu beruhigen. Ömer Bey nahm meine Mutter auf. In der ersten Nacht bespritzte er sie mit seinem Samen. Ich wurde in ihrer Gebärmutter zu Hanife.

Ich war noch ein kleines Mädchen, da brachte Ömer Bey drei weitere Frauen in die Hütte. Meine Mutter hatte keinen Namen, sie war die Nomadin. *Nomadin, koche die Wäsche … Nomadin, trage das Heu in den Stall … Nomadin, rupfe das*

Huhn … Nomadin, zieh die Hose runter … Meine hilflose Mutter lief von morgens bis abends im riesigen Haus treppauf und treppab. Ihr weißes Kopftuch rutschte immer vom Kopf auf die Schulter. Sie war eine Fremde unter allen, sie war die morsche Stufe der steilen Treppe.

Bald war ich selber reif, um das Schicksal meiner Mutter zu teilen. Osman Bey kam und nahm mich mit. Ich wurde sein Weib, sein Spucknapf, einfach so … An einem kalten Morgen war ich auf dem Weg zum Dreschplatz. Die Nachbarin rief mir hinterher *Hanifeeeeeeeee, deine Mutter soll schwer krank sein, sie soll nur noch liegen.* Ich ließ alles fallen und rannte zum Elternhaus. Die zweite Frau des Hauses empfing mich am Tor, das zum Hof führt. *Schön, dass du da bist, jetzt kannst du ihr bitte sehr den Hintern abputzen* murmelte sie abwertend und spuckte mir vor die Füße. Ich habe das überhört, ich wollte nur meine Mutter sehen. Sie lag in ihrem Bett, die Frau, die mit ihrer großen Statur Berge versetzen konnte, lag wie ein abgestochenes Kalb auf dem Boden. Eilig kochte ich eine warme Suppe für sie. Sie konnte nur noch Tropfen schlucken, die Suppe rann von ihrem wunden Mund hinunter auf den Hals. Gegen Abend ging ich nach Hause, meine Tränen überfluteten den staubigen Weg. Im Treppenhaus wartete der Schwiegervater. *Wo warst du den ganzen Tag, wer soll die ganze Arbeit am Dreschplatz erledigen, wenn nicht du!* raunzte er mich an und schlug den Lehmkrug auf meinen Kopf. Das war sehr großzügig von ihm, die Tritte danach spürte ich nicht mehr. Mein Mann, Osman Bey, schlachtete das Schaf im Stall und wickelte mich in sein Fell. Ich war mit dem ersten Kind schwanger, das wussten alle. Gott ist groß, ihm ist nichts passiert, das war mein einziger Trost. Nach drei Tagen musste ich wieder mit aufs Feld, das Heu musste auf den Anhänger geladen werden.

Ich hörte aus der Ferne wieder die Stimme der Nachbarin *Hanifeeeeee, deine Mutter wurde in die Stadt zu einem Gesundheitszentrum gebracht, ihr soll es elend gehen.* Ich lief zur Stadt, zu Fuß, drei Stunden. Ich ging die Treppen des Gesundheitszentrums hoch und fragte jeden nach ihr, der mir begegnete. Der Oberarzt sagte mit seinem arroganten Blick, dass meine Mutter sofort nach der Einweisung gestorben sei. *Wo ist sie* fragte ich mit zitternder Stimme. *Sie hatte keine Geburtsurkunde, deshalb hat man sie auf einem der Friedhöfe begraben, auf welchem, das kann ich Ihnen aber jetzt nicht genau sagen.* Meine Tränen überfluteten den eisigen Boden. Wenn man mir nur gesagt hätte, wo sie liegt. An ihrem Grab ein paar Suren aus dem Koran lesen, für sie beten, um Erlösung bitten, selbst diesen letzten Dienst hat man mir verweigert. Meine Mutter kam aus der Fremde. Wenn deine Wurzeln nicht derselben Erde angehören, bist du verdammt. Den Strick nimmt dir keiner mehr vom Hals, du musst ihn bis zu deinem Ende tragen. Du hast nicht einmal das Recht, am Grab deiner Mutter die Suren zu lesen. Die Suren, die ihren Geist erlösen sollen. Nicht einmal das darfst du.

Hanife Duymuş

Erstes Familienfoto.
Oben links, zweite Frau mit einem Auge: Fatma, 1962

Das Lied Anatoliens

Es gab ferne Dörfer, das wusste ich vorher nicht. Von Nebelschleiern überwacht. Mit dem rechten Flügel hab ich sie berührt: Die Seele ist nun ein zügelloser Wind. Ich sah die Frauen dort, sehnsüchtig nach ihren Männern. Ich sah die Kinder, ihre Drachen vom Himmel geholt, bis zu den Knien im Schnee, im Matsch. Ich sah die Häuser, mit hängenden Köpfen, den abblätternden Kalk der Wände, die Häuser, Selbstbildnisse der Fremde, die verankerte Blässe eines Rosengartens auf Samt. Egal, welches Meer ich in mich verfrachte, das salzige Wasser kerbt die gleiche Wunde ein. Die Löcher des Siebs werden größer, Tag für Tag. Das rinnende Wasser schmeckt nach bitteren Disteln, vorm dürren Verstummen bleibt die Zunge der Wundenheiler!

Die verwehte Freude säte den letzten Samen, trotz verseuchter Erde hat er sich an ihr festgehalten. Jetzt, die Zypressen, so lang wie Storchenbeine, winken den Mühlen zu, das alte Blut verjüngt sich an einem Nachmittag, im milden Grasgeflüster. Zu drei Schichten hab ich die Zunge gefaltet: Istanbul, Izmir, Mardin … So wie die Hoffnung in der eingestürzten Geschichte nach winzigen Luftporen sucht, so nagt der windelfrische Wille am hängenden Gewebe der Brüste. Der Wirbel im Bett, der Riss in der Wand, der Rost am durstigen Hahn: Zusammen liegen sie in der Maihitze, singen das Wiegenlied gegen die taubmachende Stille.

Hab es vorher nie erlebt: Können Spiegelungen wirklich den Glauben täuschen? Hätte es nie gedacht: Wie können die Berge die Flüsse entwurzeln? Es passiert. Du kannst Schicht auf Schicht Verheißungen in alle Ecken stellen, ein blinder Windschlag kann alles wieder zerstreuen. Es passiert wohl: Trotz der festen Netze kann die Seele haltlos werden, trotz der fehlenden Reife können die Mähdrescher die Ernte schlucken! Wie ich das alles sehen konnte? Ich, ein Grashüpfer, hatte mich zwischen Felsenriffen versteckt, trübe Flüsse mündeten an meine Zehen, die Wasser schlugen gegen das Schweigen der Welt, die scharfen Kanten des zerbrochenen Kruges ängstigten die scheuen Fische. Ich sah es, das Gesehene will dem Verstand sprachlos bleiben …

Der Boden ist eiskalt / Fatma

Fatma ist mein Name. Ich bin die Tochter von Hanife und von Osman Bey. Ich war erst zehn Jahre alt, da haben wildfremde Männer seine Leiche in den Hof getragen. Ich war das liebste Kind meines Vaters, und er, er war meine Schutzmauer. Er brachte jeden Freitag Forellen mit, jeder bekam eine, ich durfte zwei essen … Dann war er tot. *Räumt auf!* ruft meine Mutter *räumt auf! Wir gehen in die Stadt. Ich werde euch nicht unter der lieblosen Gnade meines Vaterhauses großziehen. Keiner darf euch herabwürdigen. In der Stadt werden wir zusammen arbeiten und unser Brot verdienen.* Mutter, ich und meine beiden Brüder Hasan und Mehmed Ali tragen die Betten, Kissen, Töpfe auf einen Ochsenwagen, fahren in einer Morgendämmerung in die Stadt.

Der Boden ist eiskalt, der Boden ist eiskalt, die Tür hat kein Schloss. Der Raum macht mir Angst. *Habt keine Angst* sagt Mutter *ladet alles runter, rollt die Betten aus. Während ihr das erledigt, suche ich mir eine Arbeit.* Zu später Abendstunde kehrt sie zurück, mit einem Ofenbrot unter dem Arm. *Ich habe Arbeit gefunden, hier in der Nähe, werde Teppiche reinigen* sagt sie. *Und du, Mehmet Ali, du kannst zu deinem Onkel, er braucht für seine Schneiderei einen Lehrling, morgen früh gehst du mit mir raus.*

Ich und Hasan bleiben zu Hause, Mutter und Mehmed Ali gehen. Der Boden ist eiskalt, der Boden ist eiskalt. Gegen Abend kommt eine Pferdekarre vor unsere Tür, beladen mit Strohmatten. *Rollt sie aus, dann wird uns nicht mehr so kalt sein* sagt Mutter, dieses Mal zwei Ofenbrote unter ihren beiden Armen, dazu Sesampastete, das Haus verwandelt sich in einen Festsaal. Mehmed Ali kommt rein, beide Wangen glimmen feuerrot, er weint, den Stoff hat er zu kurz geschnitten, der Onkel hat ihn geohrfeigt. Mutter knurrt *wieso bist du so, Mehmed Ali, ach, Mehmed Ali, wieso bist du nur so. Der heilige Allah soll ihm die Arme brechen! Ich weiß nicht, wie mir das passieren konnte* weint Mehmed Ali. Mutter kennt ihren Sohn, sie schweigt. Als kleiner Junge hatte er sich eine Erbse ins Ohr gesteckt. Papa brachte ihn zum Arzt in die Stadt, der kriegte die Erbse zwar raus, zerfetzte aber dabei sein Ohr. Konnte nicht mehr richtig hören. Papa konnte bis zu seinem Tod nicht wahrhaben, dass sein Sohn taub geworden war. Wenn dieser seine Befehle nicht verstand, bescherte er ihm eine Tracht Prügel. Mit jedem Schlag wurde Mehmed Ali verwirrter, ängstlicher, vergaß alles, was man ihm sagte, und schon kamen die nächsten Prügel. Seitdem war Mehmed Ali auch nicht mehr so schnell beim Denken.

Mutter bringt abends Arbeit mit nach Hause, alte Kilims, die Fransen müssen gekürzt werden oder ganz abgeschnitten. *Du bleibst zu Hause und machst diese Arbeit, ein junges Mädchen kann ich nicht mit zur Arbeit nehmen, da wimmelt es von sabbernden Wölfen.* Auch die Strohmatten helfen nicht, der Boden ist eiskalt, der Boden ist eiskalt.

Der Winter hängt Eiszapfen an die Dachrinnen. Eines Morgens werden wir von Hasans Stöhnen wach. Auf dem eisigen Boden hat er sich zu einem zuckenden Haufen zusammengerollt. Sein rechter Fuß ist ohne Gefühl, er kann nicht stehen, Mama nimmt ihn auf den Rücken und läuft zum Arzt. *Ankara* sagt der Arzt *nur in Ankara kann man ihm helfen.* Mama läuft zu ihrem Chef in die Teppichreinigung. *Gib mir ein wenig Vorschuss, ich werde Tag und Nacht arbeiten, das Geld zurückzahlen, der Junge muss nach Ankara, seine Beine sind taub, seine Beine sind taub …*

Mit dem Busfahrer schickt sie eine Nachricht ins Dorf, an meinen jüngeren Onkel, er solle sofort kommen. Er kommt, Mama drückt ihm das Geld in die Hand und schickt die beiden nach Ankara. Das Warten ist eine Hölle, das Warten ist eine Hölle. Eines Abends stehen die beiden vor der Tür. *Wegen der Kälte ist es passiert* hat der Arzt gesagt. Er hat so viel Betäubungsmittel gespritzt, dass das Bein noch mehr Schaden genommen hat, der Junge hinkt wie ein frischgeborenes Kalb oder, wie Mama es nennt, wie ein verkrüppelter Esel. Der Boden ist eiskalt, der Boden ist eiskalt. Die Zeit ist wie der Dreschplatz, die Ernte weht zügellos, von der Erde in den Himmel, vom Himmel auf die Erde.

Gnädiger Herr, mein Sohn Mehmed Ali ist ein wenig zurückgeblieben, taub ist er auch noch, kann er nicht bei mir bleiben fleht Mama den Beamten nach der Musterung zum Wehrdienst an. *Laufen und hören braucht er nicht, Zwiebeln kann er doch bestimmt schälen, Toiletten reinigen auch, auch Krüppel braucht der Staat* murmelt der Beamte. Mehmed Ali muss zum Wehrdienst.

Nach einigen Monaten, mitten im Frühling, bringt der Busfahrer die Nachricht aus dem Dorf. Es gibt einen Verehrer für Fatma, aus Deutschland, er kommt in ein paar Tagen vorbei. Mutter schimpft und faucht *nein, jeder Hirte kann meine Tochter haben, aber kein Fremder.* Am nächsten Tag schon steht der Verehrer mit meinem jüngeren Onkel vor unserer Tür, er hat einen riesigen Kopf und ein Fahrrad. Mein Gesicht brennt wie die Kohle im Ofen, ich kann niemandem ins Gesicht schauen. *Ich bin hier, um Fatma mit nach Deutschland zu nehmen, ich will sie zur Frau haben* sagt der Mann mit dem riesigen Kopf und dem Fahrrad. *Nein* sagt Mama, *nein*! Der Onkel aus dem Dorf unterbricht Mama *Sei nicht so voreilig, deine beiden Söhne sind Krüppel, gib ihm Fatma, sie soll nach Deutschland. Wenn sie dort Anker wirft, haben die Jungs auch eine Chance, aus dieser Armut rauszukommen, ohne Brot ist die Heimat kein goldener Käfig, lass Fatma gehen, rette die Kinder aus diesem Elend.* Mama wischt sich die Tränen mit der Spitze ihres Kopftuches ab und nickt. Es passiert, was der Onkel sagt. Der Boden ist eiskalt, der Boden ist eiskalt …

Auf meinem Hals die Goldtaler, um die Taille der rote Brautschleier, der Beweis meiner Jungfräulichkeit, besteige ich das Pferd und verlasse das Elternhaus, folge als Braut meinem Mann mit dem riesigen Kopf nach Deutschland. *Fremde* flüstere ich, die Fremde, die uns seit drei Generationen hin- und herweht, von der Erde in den Himmel, vom Himmel auf die Erde. Es ist das Jahr 1965, mein neues Leben beginnt, in einem Land, wo man das Geld von den Bäumen pflücken kann. Ich weiß nicht, so hat man es uns erzählt.

Einschulung, oben Mitte: Fatma, 1957

Das Zittern der Gleise / Fatma

Ich stehe auf dem Bahnsteig. Unverständliche Stimmen klettern in meine Ohren, bauen dort ihr Gerüst auf. Zwischen meinen zitternden Beinen der Holzkoffer, in ihm sind Welten, Welten … Wie klein die Welt doch ist. Yılmaz bringt mich in ein altes Haus, die Erde und der Himmel riechen nach Kohle. Ich zittere immer noch, mein Herz ist wie ein bedrohtes Taubennest. Unbekannte Männer betreten das Haus, nennen mich Schwester, unbekannte, ungepflegte Männer mit matten Augen. Weder ein Herd noch eine Kanne gibt es, ich kann den Gästen nichts anbieten. *Unsere Frauen sind auch bald hier* sagen die Männer, ihre Augen werden für einen kurzen Moment zu einer Kinoleinwand. Zu später Stunde sind sie wieder weg, in ein Arbeiterheim. Die Nacht ist unendlich lang, wer ist dieser Mann neben mir, ist es mein Mann? Er zeigt sich sehr freundlich, schmunzelt grundlos, das nervt ein wenig. Für den nächsten Tag hat er sich frei genommen. Zusammen gehen wir einkaufen. Kaufen ein paar Sachen für das leere Haus. *Wir brauchen unbedingt eine Teekanne* sage ich beschämt. Die Straßen sind so sauber, man kann fast vom Boden essen. Die Nachbarn haben eine Kommode und einen Marmortisch vor die Tür gestellt, Yılmaz fragt, ob wir die Sachen haben dürfen, *aber natürlich* antwortet die ältere Frau, sie trägt eine blumengemusterte Schürze, sie schenkt mir eine Vase und drei Rosen, die Nachbarn sind nett. Doch etwas fehlt. Etwas, das den Knoten in mir fester zieht. Wir finden keine Teekanne, keine Aubergine und auch keine Zucchini. In den Geschäften versucht Yılmaz, Deutsch zu reden. Ich verstehe zwar die Sprache nicht, höre aber, dass bei ihm auch nicht alles rund läuft. Er gackert, als ob er Kieselsteine im Mund kauen würde. Ich lache, lache noch mehr, meine Wangen glühen wie die Kohle im Ofen. Ich will nicht lachen, lache aber, kann mich nicht beherrschen, es liegt nicht in meiner Hand, ich lache …

Erstes Passfoto: Yılmaz, 1965

Erstes Passfoto Fatma, 1966

Gastarbeiterchor / Fatma

Ist das hier meine Heimat, meine Erde, mein Ort?
Soll ich hier die Lücke einer Leere füllen?

Das Leben kann nicht in Truhen aufbewahrt werden,
Fatma, hat man dir das nicht gesagt?

Ich soll arbeiten, ein Haus bauen, Kinder gebären,
Pflichten erfüllen, mehr wusste keiner zu sagen.

Diese Lügen sind die ewigen Träger des Sargs,
das weißt du hoffentlich? Die Zweige, das Laub wissen es,
du wirst es auch lernen.

Weder einen Kampf noch einen Krieg will ich führen,
woher hätte ich all das wissen können?

Schweigen, Hinnehmen, das ist die Kapitulation
an der Front, Fatma, sei wach, sei wach …

Wer schreibt das Schicksal, wer hält die Fäden in der Hand?

Schau in den Spiegel, in dein kaltes Bett, ins Dunkle
der Nacht, du wirst ihn finden, Fatma!

Welche Rolle ist nun die meine? Bin ich Täter oder Opfer?

Du bist das junge Blatt einer Nelke, das Selbstbildnis
deines Traums, erkennst du es nicht?

Aber es liegt doch nicht in meinen Händen,
diese Besetzung ist nicht mein Wunsch.

Doch, sie ist es, du wirst den ersten Stein in den Brunnen
werfen, du wirst vor deinem verschwommenen Gesicht
nach Erkenntnis suchen.

Und wann finde ich sie?

Es hat jetzt erst angefangen, der Weg ist lang,
die Fracht ist schwer.

Was ist, wenn ich sie nicht mehr tragen kann?
Darf ich dann aufgeben?

Nein, die Schwäche bleibt ewig als Fleck auf der Stirn,
du darfst sie niemandem zeigen.

Mehr wollt ihr mir nicht verraten?

Lerne zuerst, mit der Zunge die Suppe zu rühren,
wir reden dann später, Fatma …
wir reden später.

Der erste Brief / Yılmaz

Liebster Papa,
ich bin jetzt seit 2 Monaten in Deutschland, mir geht's gut, die
Tarhana-Suppe und der frische Käse fehlen mir ein wenig. Habe jetzt einen
Arbeitsplatz in der Fabrik, werde gut verdienen und, wer weiß, vielleicht kann ich
mir sogar bald einen Mercedes kaufen. Ich lege einen 100-Mark-Schein mit in den
Umschlag. Kannst du bitte, wenn du wieder in die Stadt fährst, mit diesem Geld für
Mutter 5 Meter Seide kaufen. Sie soll sich ein neues Kleid schneidern lassen und
stolz damit durch das Dorf laufen, stolz wie ein Pfau.
Noch lebe ich in einer
Arbeiter-WG. Wenn ich meine eigene Wohnung habe,
schicke ich euch die Papiere
vom Amt, damit könnt ihr ein Visum beantragen.
In stiller Sehnsucht umarme ich
euch beide.
Yılmaz / Nettetal, 1966

Der Kokon / Fatma

Die Tage kommen und gehen. Die deutschen Nachbarn schenken uns noch mehr Möbel. Ich freue mich besonders über die Puppe. Ihr fehlt ein Bein, das finde ich aber nicht tragisch. Aus der alten Kissenhülle nähe ich ihr ein Kleidchen, so sieht sie wieder vollkommen aus. Yılmaz findet eine Porzellankanne. Ich setze Tee darin auf, der Tee hier schmeckt ein wenig bitter, egal, so langsam finde ich meine neue Heimat. Die Kanne schenkt mir eine Erde, auf der ich mich ausbreiten kann.

Yılmaz gibt mir 20 Deutsche Mark, damit ich mal allein einkaufen gehen kann. Ich überlege zuerst, was ich mit dem Geld alles für meine Familie in der Türkei kaufen könnte. Aber noch ist es zu früh. Ich nehme den Schein und gehe in einen Laden, schau gar nicht so richtig auf die Verpackungen. Hinter der Kasse steht ein Mann im weißen Kittel, trägt eine Brille; so verkleiden sich bei uns die Professoren. Er will mir was sagen. *Nikkis, nikkis…* Ich werfe ein paar Packungen in den Korb, gebe dem Mann den Schein, er gibt mir zwei Münzen zurück. Vier Deutsche Mark habe ich noch in der Tasche, damit kaufe ich ein Brot von der Bäckerei und laufe stolz nach Hause. Yılmaz kommt von der Arbeit zurück, schaut sich die Sachen an und lacht lauthals. Seife statt Butter, Leberpastete statt Marmelade, Shampoo statt Öl habe ich gekauft. Er lacht wie ein Fohlen auf seiner Hochzeit. *Gott soll dich bestrafen* sage ich *du machst mich zum Narren, du lachst mich aus!* Er lacht lauter, die Pakete werfe ich ihm an seinen riesigen Kopf, er versteckt sich hinter der Tür, er lacht weiter. Yılmaz, der liebe Gott soll dich bestrafen.

Abends kommen die Männer, einige mittlerweile auch mit Frauen. Zwei bis drei Kannen Tee trinken wir bei jedem Treffen. Die Gesichter der Frauen sind wie bröckelnde Gartentore. *Die*

Sehnsucht quält uns, die Sehnsucht nach Menschen, hier sieht man nur Maschinen jammern die meisten. *Wir müssen mit unserem Schicksal klarkommen* widerspreche ich wie ein Kommandant. Auch die Freude der Männer geht nach kurzer Zeit verloren. Nichts mehr mit billigem Wohnen im Arbeiterheim. Die Miete, die Verantwortung und eine wehleidige Frau. Die Freude am Ficken entschädigt nicht für alle Umstände, die Frauen werden schwanger und jammern noch mehr.

Yılmaz gibt mir 50 Deutsche Mark, ich soll mit den Frauen spazieren gehen und sie aufmuntern. Gut, die Parks sind die billigsten Orte. Bei jedem Treffen wundern wir uns, warum die Enten immer noch lebendig im See schwimmen, die müssten doch längst im Kochtopf sein. Egal, neues Land, neue Sitten. Bevor ich meine eigene Last loswerde, springe ich in die Rolle der erfahrenen Touristenführerin *ha maşallah!* Jedes Wochenende versammeln sich die Neuen bei uns. Wir geben unser Bestes, versuchen, aus Dorfweibern elegante Damen zu zaubern. Tragen Mini-Röcke, doch das Kopftuch bleibt, so ganz gottlos wollen wir ja doch nicht sein. Die türkische Sendung im WDR, die Stimme von Yüksel Pazarkaya, mahnt uns jeden Abend zur Vernunft *bitte ihr Damen, geht nicht in euren Hausklamotten auf die Straße, gebt kein schlechtes Gastarbeiterbild ab.* Was es auch heißen mag. Aber naturlich, wir sind gewohnt, das zu machen, was man uns sagt. Wir sind die freiwilligen Diener des Schicksals.

An der Grenze zu Holland soll es ein kleines Dorf geben, Lobberich, mit vielen Fabriken; Arbeiter werden gebraucht, die Chefs stehen mit großen Plakaten vor den Toren und stellen jeden umarmend ein. Yılmaz, mein fauler Lümmel, möchte nicht im Bergbau arbeiten und will sich das kleine Dorf anschauen. *Wir haben hier unsere Wohnung, haben ein kleines*

Umfeld, lass uns bitte hier bleiben flehe ich ihn an, aber er überhört meine Bitte. Wir packen und fahren zu diesem kleinen Dorf, Lobberich. Yılmaz bekommt eine Stelle in der Gießerei. Ich warte auf ein Kind. Alles, was in meine Scheide fließt, soll keimen, das ist mein größter Wunsch, doch es bewegt sich nichts. Die Gebärmutter bleibt eine kahle Höhle, eine kleine Bühne für meine Monologe.

Aus dem Dorf kommt das erste Bild. Mama in der Mitte, rechts Hasan, links Mehmed Ali. Auf der Rückseite die Handschrift von Hasan. *Eine leblose Erinnerung an die Schwester* schreibt er. Leblos? Nein, Hasan, wieso leblos? In euren Gesichtern sehe ich, wie sich die ganze Welt dreht. Ich stelle das Bild auf den Nachttischschrank neben den Wecker. Wenn Yılmaz schläft, spreche ich mit diesem Bild, ich weine heimlich. Ja, auch ich habe Sehnsucht. Die Sehnsucht, die oft mehr Gewicht hat als das Schicksal.

Auch in den kommenden Monaten bleibt meine Gebärmutter ein unbearbeitetes Feld. *Yılmaz, ich möchte arbeiten, finde eine Stelle für mich.* Er findet eine Stelle in einer Schuhfabrik. Sevim, die am gleichen Band arbeitet, verrät mir, dass sie schwanger ist. Ich umarme Sevim. Nachher kommt mir die eigene, die fruchtlose Erde in den Sinn. Die Tränen fließen auf die Schuhe. Ich kann sie nicht stoppen. Der Abteilungsleiter Willi stellt sich zu mir und schreit mich an, ich verstehe ihn nicht. Er schreit, meine Lippen zittern. Er schreit, ich weine, er schreit, meine Lippen zittern. Er wird immer lauter. Die Schuhe werfe ich ihm an den Kopf, brülle aus vollem Hals *Arschloch*. Gott, vergib mir! Erschreckt zieht er sich zurück. So ist es hier also, du musst dich wie ein Hahn aufstellen, damit du deine Ruhe hast. Ich schließe mich in der Toilettenkabine ein, weine, bis die Leber austrocknet.

Abends läuft eine Serie im Fernsehen, Heidi. Ein Mädchen ohne Eltern, das mit seinem Opa in den Bergen lebt, es ist immer fröhlich, läuft und tanzt barfuß. Wie genüsslich es die Ziegenmilch trinkt. Heidi mache ich mir zur Leidensgenossin. Mit ihr lache, mit ihr weine ich. Bringe ein paar Schuhe aus der Fabrik, die für die Tonne aussortiert wurden, die will ich ihr schicken, frage Willi, wie das möglich ist, er lacht mich aus. *Arschloch!* Keiner kann mir helfen. Ich denke an Heidi, sie wird sich noch erkälten, es muss doch eine Möglichkeit geben, ihr die Schuhe zu schicken, es muss!

Unsere Sippe wächst und gedeiht in Deutschland. Viele kommen als Touristen, bleiben einfach hier, finden Schwarzarbeit, auch meine Brüder. Bis sie ihre eigene Wohnung haben, nehmen wir sie alle bei uns auf. Wie ich schon gesagt habe, Yılmaz ist ein fauler Lümmel. Fremde Männer, die er in einer Kneipe kennengelernt hat, bringen ihn auf die Idee, aus Istanbul Webmaschinen zu importieren, die könne man hier zum vierfachen Preis verkaufen. Er kündigt seine Stelle und fliegt nach Istanbul. Wer nicht zurückkommt, ist Yılmaz. Ich gehe zur Bank, sage dem Mann am Schalter, dass er mir 100 Deutsche Mark geben soll. Er schüttelt den Kopf *kann ich nicht* sagt er *Sie haben hier 20.000 Deutsche Mark Schulden.* Ach, Yılmaz , was machst du da, was machst du …

Yilmaz hat meine Unterschrift gefälscht, bei der Bank einen Kredit aufgenommen. Nach sechs Monaten kehrt er mit nacktem Hintern zurück. Natürlich hat man ihn betrogen. Eines Mittags klopfen fünf Männer an die Tür, die wollen Yılmaz sehen. *Warum* frage ich. Auch von denen hat er sich Geld geliehen. Mit meinem Schwager Mustafa bitten wir um zwei Monate Frist.

Ich laufe zu Willi, lasse mich für jedes Wochenende, für jede Überstunde eintragen. Verbringe mehr als zwölf Stunden am

Tag in der Fabrik. Im Bett rechne ich alles zusammen, es reicht vorne und hinten nicht. Laufe zu meinen Brüdern, zu Freunden und Verwandten, die mit Hilfe von Yılmaz eine Stelle gefunden haben, bitte alle um Geld. Die Klinken sind dornig, die Klinken sind dornig, die Schlösser verrostet. *Leider, Fatma, leider, Fatma …*

Meine Brüder lassen schon ihre ersten Häuser in der Türkei bauen. *Leider, Schwester, leider, Schwester …* Sie raten mir, mich von Yılmaz zu trennen. *Aber ohne ihn wären wir noch alle in der Türkei, er hat es doch möglich gemacht, dass wir hier sind.* Meine Worte will keiner hören. Nein, wegen Geld werde ich meinem Mann nicht den Rücken kehren. Er ist faul, bequem, aber im Vergleich zu anderen Männern lieb zu mir. Nein! Nein! Keiner will meine Worte hören, die Ohren sind taub, die Ohren sind taub.

Ich fahre mit meinem Schwager Mustafa nach Grevenbroich, zu Ibrahim, einem ehemaligen Arbeitskollegen von Yılmaz. Erzähle ihm die ganze Geschichte. *Yılmaz hat sich wie ein Esel benommen, aber ich bitte dich, Schwester Fatma, lass dich von ihm nicht scheiden. Du weißt, eine geschiedene Frau ist Futter für versiffte Instinkte, auch deine Brüder werden dir nach drei Tagen die Tür zeigen* sagt er und zählt das verdammte Geld auf meine Hand.

Mein Lümmel wird nicht klug, versucht neue Geschäfte zu stemmen. Kauft von einem türkischen Großhändler in Düsseldorf jede Menge Knoblauchwurst und versucht, das stinkende Zeug in Kneipen zu verkaufen. Wer will denn hier schon Wurst kaufen? Alle wollen für mehr Häuser in der Türkei sparen, eins reicht nicht, zwei müssen es sein, drei, vier, dann ein Sommerhaus, einen Laden … Fatma flattert auf der Spitze eines Schuldenbergs, alle anderen bauen ihre Häuser.

Yılmaz übernimmt eine Kneipe, eine zweite Arbeitsstelle für mich. Vor der Schicht in der Fabrik beginnt der Tag mit Putzen in der Kneipe. Nach der Schicht in der Fabrik geht es weiter. Das Geschirr in der Spüle, die verschissenen Toiletten, volle Aschenbecher, alle und alles wartet auf mich. Meine Gebärmutter gibt immer noch kein Signal. Ich habe keine Zeit, mir die Haare zu kämmen, hole aber die Kinder von Nachbarn und Verwandten zu mir nach Hause. Koche für sie, atme diesen Duft von Kinderleben in meine Lunge ein, singe Schlaflieder, stricke Pullunder und Socken. Eines Morgens kehre ich vor der Kneipentür das Laub weg, Mutter kommt mit einer Plastiktüte in der Hand. Sie hat sich wieder mit der Schwiegertochter gestritten *natürlich kannst du bei mir bleiben, Mutter*. Sie setzt sich auf die Stufen des Eingangs, eine deutsche Frau und ein dunkelhäutiges Kind gehen Hand in Hand an uns vorbei. Meine Augen füllen sich mit Tränen *Gott, du bist der Allmächtige, du bist der Gnädige, bitte …*

Meine Mutter kann sich wieder nicht beherrschen *was soll denn so ein Kind, sowas wie einen Hundewelpen willst du doch nicht haben, oder? Ein Kind, Mutter, ein Kind möchte ich haben, es kann von mir aus aus Staub und Schlamm sein, ein Kind, das ich an meine Brust legen kann, mehr will ich in diesem Leben nicht.* Yılmaz hat einen Videorecorder und ein paar Kassetten gebracht, meine Lieblingsschauspielerin Fatma Girik spielt die Nomadin, die mit ihrem Volk auf Kamelen von einem Land zum anderen zieht. Sie gebärt ein Kind. Während einer Umsiedlung wird das Kind von einem Adler aus der Wiege auf dem Kamel geraubt. Sie verfolgt den Adler, sie findet ihn auf einem Bergrücken, sie kämpft um ihr Kind, dann fallen sie beide vom Berg herab, beide sterben. *Schmore in der Hölle, du mieser Adler* brülle ich den Bildschirm an, heule und brülle, heule und brülle, heule Rotz und Tränen *du mieser, abscheulicher Adler.*

Meine Stelle in der Schuhfabrik kündige ich und beginne in einer anderen Firma, die Vergaser für Mercedes herstellt. Der Stundenlohn ist besser, so kann ich schneller die Schulden abbezahlen. Mit der Kneipe läuft es so einigermaßen, die Einnahmen sind nicht schlecht, doch unterm Strich bleibt es ein Verlustgeschäft. Die Spieler borgen sich Geld von Yılmaz, auch Freunde und Verwandte. Mit dem Geliehenen fahren sie heimlich in die Casinos oder in die Bordelle. Yılmaz schafft es nicht, nein zu sagen. Die Liste der Schuldner wird immer länger. Die Stammkunden bezahlen nur den Tee, dafür dürfen sie sich den ganzen Tag breit machen und Karten spielen. Für viele ist der Weg in die Küche kein Tabu: Jeden Tag werde ich von der überfüllten Spüle und vom leeren Kühlschrank empfangen.

Mein Schwager Mustafa, der seit seiner Ankunft bei uns lebt, zeugt mit seiner Frau, die im Dorf in der Türkei geblieben ist, zwei Kinder. Die beiden mögen sich nicht so besonders, er ist auch sehr selten in der Türkei, aber Kinder zeugen, das klappt irgendwie, Gotteswerk!

Wieder nach einer langen Schicht komme ich nach Hause und finde die beiden Kinder, Iskender und Hasan, in der Kneipe am Spielautomaten. Mustafa war in die Türkei geflogen, um seine Kinder zu sehen. Seiner dort lebenden Frau hatte er erzählt, dass er mit den Kindern in die Stadt fahre, um Klamotten und Spielzeug zu kaufen, doch stattdessen hat er sie hierher nach Deutschland gebracht. Beide sehen ängstlich und unterernährt aus, wissen gar nicht, wo sie hier gelandet sind. Ich schreie meinen Schwager an *du hast nicht das Recht, die Kinder von ihrer Mutter zu trennen, sowas darfst du einer Frau nicht antun.* Yılmaz sendet seinem Vater ein Telegramm, man möge sich bitte keine Sorgen um die Kinder machen, die seien jetzt in Deutschland.

Auch wenn meine Schwägerin mir in dieser Situation sehr leidtut, es ist wunderbar, wenn Kinder im Haus rumrennen. So vergeht die Zeit … die Zeit, die immer stehen zu bleiben schien, sie vergeht. Seit dreizehn Jahren bin ich nun hier. Habe immer noch kein Kind. Gehe zu Hodschas und lasse mich segnen, für Hellseher gebe ich Geld aus. Yılmaz fährt mich in eine Kölner Klinik. Der Oberarzt sagt, es gebe eine Verengung in den Eileitern, mit einer Operation könne man das beheben. Yılmaz übersetzt. Bevor er seinen letzten Satz ausspricht, lege ich mich aufs Bett, spreize meine Beine. *Schneide alles weg, was den Weg versperrt, jetzt, sofort!* bitte ich den Oberarzt *jetzt, sofort.*

Erstes Deutschland-Foto: Fatma und Yılmaz, 1967

Gäste kommen, 1967

Gebet / Fatma

o, gütige Maria, schenke mir ein Kind
ein Kind aus Fleisch, aus Stein, aus Staub
schenke mir ein Kind!
siehst du meine welke Gebärmutter, Maria?
lass dort einen Samen gedeihen
lass ihn durch meine Kehle in den Himmel wachsen
lass niemanden sagen
Fatma sei erdenlos von der Erde gegangen

Der Gesang der Elfen und Dinçer auf dem Pappelzipfel

Dinçer, in welcher Hölle steckst du? Komm nun hierher, zu uns, auf die Erde. Siehst du nicht die Frau, sie will dich an die Brust nehmen. Sie isst und trinkt seit Tagen nicht, blass ist ihr Gesicht, wie ein Kreidestrich. Wie das haltlose Laub lässt sie sich in den Himmel wirbeln, dann fällt sie, fällt auf das Gestein, das sie mit ihrem Schweigen aufgetürmt hat.

Aber ich bin doch nicht mal in diesem Samen drin. Hab keine Hände und keine Füße. Wie soll ich denn zu euch kommen?

Beeil dich nun, hüpfe in den Samen, wachsen sollen dir die Hände und Füße und ein riesiger Kopf. Dann soll dieser Samen den Fluss in ihre Gebärmutter finden, dort steht dein Bett, die schöne Ruhe! Der Himmel ist offen wie eine Frucht, klar ist das Wasser, die brachliegende Erde zeigt spitze Warzen, die Zweige tragen die Frucht mit aller Steife. Es ist der richtige Tag, der richtige Tag, verstehst du uns, huhuuuuuuu!

Aber versteht ihr mich denn nicht? Ich habe Angst, groooooße Angst, so groß wie Ararat.

Hab keine Angst, hier wartet eine geschnitzte Wiege auf dich, zwei saftige Brüste, Lieder, eine milde Stimme. Und ja, so einfach wird die Reise nicht. Aber wir nennen es Leben. Es wird dir den Dorn und die Blüte zeigen, die Wunde und die Heilung, das Loch und das Licht. Fallen wirst du, in dir ein wildes Tier züchten … Die Hoffnung ist im Käfig eingesperrt, du wirst lernen, das Schloss zu knacken. Das alles ist nur möglich, wenn du den Augen dieser Frau Glanz schenkst.

Und wenn dieser ganze Zirkus mir missfällt, ist eine Rückreise möglich?

So einfach und schnell wird es nicht möglich sein. Später gibt es den Tod. Bis dahin muss aber einiges Wasser unter der Brücke durchfließen. Du bist ein sturer Dickkopf, wo gibt es die ewige Sicherheit? Komm, zieh deine Schwimmweste an und spring in den Fluss.

In Ordnung, ihr habt mich überzeugt. Jetzt bin ich noch ein kleiner Floh auf der Brust eines Sperlings. Ich lasse mich, wenn ich die richtige Landefläche finde, gleich auf die Erde fallen. Werde auf den Regen warten, der mich dann zu diesem Samen spülen wird. Es kann noch dauern, ich gebe mein Bestes, versprochen!

Hurrraaaaaaaa, der Wille ist daaaaa! Der Rest ist ein Kinderspiel.

Aber nicht vergessen: Bis ich mich fallen lasse, kann dieser Sperling eine Beute des bösen Adlers sein. Oder das Ziel eines Steins, was weiß ich. Letztens noch ist der hier gegen eine Glasscheibe geflogen und hat es gerade noch überlebt. Der Sperling muss leben, damit ich mein Wort halten kann.

Jetzt übertreibst du aber, es wird nicht schiefgehen, sei einfach nur mutig und glaube an uns. Bis bald, Sweetieeeee.

Gott, sind diese Viecher albern.

Das Lied des ungeborenen Kindes / Dinçer

Wir werden das Vergangene mit dem Kommenden verbinden und unser eigenes Märchen schreiben, Mutter. Seit dreitausend Jahren schweben unter dem Himmel die gleichen Geschichten. Die Geburt, der Tod, der Abschied, die Vereinigung, die Flucht … alle tanzen auf derselben Erde. Alle gleich und einzigartig. Vieles wurde im Mörser der Zeit zermahlen. Trotz allem haben wir der Unendlichkeit mehr Glauben geschenkt als dem Befristeten. Vielleicht war das auch der einzige Weg, vielleicht wurde das Leben allein deshalb erträglich. Du kennst es, und ich werde es von dir lernen: Der Wahrheit ins Gesicht zu schauen, ist oft schwieriger, als den Salzsack auf den Berggipfel zu tragen. Vielleicht will ich deswegen unsere Geschichte Märchen nennen, nicht um die Wahrheit zu kaschieren, nein, nur um auf deine ewig eiternde Wunde ein wenig Heilerde zu streuen. Das habe ich immer gemacht, Mutter.

Jetzt werden wir uns gegenseitig Geschichten erzählen. Meine Haltlosigkeit wird einen Samen finden, wird in dem wehenden Sand Wurzeln schlagen und gedeihen. Lieder werden wir singen, die uns auf dieser Reise Wasser und Feuer, Sonne und Schatten spenden. Hier, Mutter, mein erstes Lied für dich.

mit vergilbten Nelkenblüten in der Achselhöhle
stehe ich mitten in der Brandung
die Nachtigall auf meinen Wimpern
die Stimmen der verjagten Jungfrauen
singen gegen das Gefecht der Wellen

eine Frau saß hinter meinem Rücken
auf einem vergoldeten Felsen
ein Kind, sein Mund aus Minze
badete entfesselt in ihrem Herzen

Die Leere findet ihre Fülle / Fatma

Das Jahr 1979. Meine vierzehnjährige Leere findet ihre Fülle. Im siebten Monat wird das Kind mit Kaiserschnitt geholt. Betäubt liege ich im Krankenbett. Öffne meine Augen, die Atemzüge meiner Mutter höre ich. *Der Gott hat deine Gebete erhört, du hast einen Welpen auf die Welt gebracht* murmelt sie. Die Krankenschwester kommt ins Zimmer, in ihren Armen das Wunder. Sie legt das Kind auf meine Brust. Ich bin zwar noch nicht klar im Kopf, aber ich weiß, es ist mein Kind. Ein sehr haariges Kind, die beiden Augenbrauen stehen wie zwei Halbkreise dicht nebeneinander, bis zu den Ohrläppchen fällt das Haar. *Sei still* flüstere ich zu meiner Mutter *sei still, das ist mein Sohn, mein Sohn, weiß und weich wie eine Flocke.* Ich will ihn Murat nennen. Auf Türkisch bedeutet Murat *der Wunsch.* Mein größter Wunsch geht in Erfüllung. Einen Tag später kommt ein Telegramm aus der Türkei, Schwiegerpapa schreibt, wir sollen das Kind Dinçer nennen. Ich widerspreche nicht, die Krankenschwester schreibt Dinçer in den Mutterpass. Yılmaz kündigt in der Kneipe eine Feier an, eine Woche lang sind alle Getränke frei. Die Schulden werden vergessen, die Geburt eines Sohnes macht ihn zum Sultan. Zu einem Sultan mit nacktem Hintern!

Mit dem Kind komme ich in das verwüstete Haus zurück. Gott sei Dank ist Dinçer ruhig. Nach dem Stillen schläft er gut fünf, sechs Stunden durch. Mein Mutterschaftsurlaub endet. Ich gehe zu meiner Mutter, sie lebt seit einiger Zeit wieder bei meinem Bruder, zieht seine Kinder groß.

Mutter, komm zu mir, du kennst den Yılmaz, ich muss arbeiten, ich kann das Kind nicht allein lassen. Die Klinken sind dornig, die Klinken sind dornig, die Schlösser verrostet. *Ich werde bestimmt nicht mit deinem Mann unter einem Dach leben.* Die Schlösser sind verrostet. Der Rettungsring der Familie ist auf einmal in der ganzen Sippe nichts mehr wert. Mein Schwager kriegt alles mit. *Kündige* sagt er. *Du hast endlich nach Jahren ein Kind, erziehe dein Kind selbst, das Geld fehlt so oder so.* Ich mach, was er sagt, ich kündige meine Stelle.

Fatma und Dinçer, 1979

Fatma und Dinçer, 1980

Fatma und Dinçer, 1980

Das Knöpfchen / Dinçer

14. Mai 1979, hallo Welt! Jetzt bin ich endlich hier, es war ein langer Weg. Die letzten zwei Monate konnte ich es nicht mehr abwarten, es wurde enger und enger. Das Problem lag an mir, keine Gebärmutter kann ein Riesenbaby mit 4500 Gramm tragen, das geht nicht. Jetzt sind, so hoffe ich, alle erleichtert. Wie sie da liegt, meine Mutter, im tiefen Schlaf, wie Dornröschen. Oooooo, Oma nimmt mich jetzt auf ihren Arm, diese komische Frau, die mich eben noch Welpe genannt hat. Ehrlich gesagt, ich hab ein wenig Schiss vor ihr, sie hat diesen herablassenden Blick. Abwarten, was gleich passiert. Sie legt mich auf die Wickelkommode und nimmt die Decke ab. *Was für ein winziges Knöpfchen, Ameisenfutter, ulululu … Gott, du Allmächtiger, musstest du ausgerechnet bei ihm hier an Material sparen, noch ein bisschen mehr Putz hätte nicht geschadet. O Gott, vergib mir meine Undankbarkeit, immerhin, besser als nichts.* Ich glaub, sie ist nicht ganz dicht, meine Oma, was macht sie da mit meinem Pipimann, jetzt zieht sie noch an der Vorhaut. Oma, das da ist kein Börekteig, verstehst du mich, autsch! Oma, das tut weh. Sie hört mit ihrer Tirade nicht auf *vielleicht ist es ja so ein kleiner Spätzünder, wir werden sehen.* Nein, Oma, du musst nichts sehen, jetzt her mit der Decke, bring mich zu meiner Mutter und Finger weg, hoppp hoppp! Und was soll das heißen, vielleicht ist es ja so ein kleiner Spätzünder, ich bitte dich. Und ihr alle solltet nicht vergessen, ich bin nicht hier, um mir eure komischen Lalalalas anzuhören, verstehst du mich? Und jeder ist ein bisschen anders geschnitten, aber das muss ich dir doch nicht sagen.

Tü tü tüüüüüühhhhhh … Hey hey, was soll das, warum spuckst du auf mein Knöpfchen? Ich glaub, ich spinne, will sofort wieder zurück. Mamaaaaaaaa, stehst du bitte auf, die Alte hier macht mich verrückt. Bin gerade mal zwei Stunden auf der Welt und liege hier hilflos in einem Albtraum. Sie verpasst mir jetzt eine Windel und bringt mich wieder in mein Aquarium. Jetzt darf ich nichts trinken, ich darf kein Wasser lassen, die Windel muss trocken bleiben, sonst beginnt dieser Albtraum wieder von vorn.

Wiegenlied für Dinçer / Hanife

Dandini dandini dastana, die Kälber stürmen das Feld
Mein Dinçer, mein Welpe kam mit Knöpfchen auf die Welt
Schlafen soll er, gedeihen, ein grauhaariger Opa werden
Mit grauhaarigen Hoden soll er weise Worte sprechen

eeeeee … eeeeee … e … eeeeee … eeeeee … e …

Die Kälber mit Engelsflügeln fressen den Kohl auf dem Feld
Auf dem runden Bauch von Dinçer bauen die Engel ihr Zelt
Nie soll die Kälte seine Haut berühren,
sein Fleisch nie zittern
Nie soll sich der Fluch des Bösen seinem Schatten nähern

eeeeee … eeeeee … e … eeeeee … eeeeee … e …

Dandini dandini dastana,
die Kälber liegen satt auf nasser Erde

Mein Dinçer ist groß und kräftig,
mein Dinçer sattelt die Pferde
Der süße Honig, der Trank des Paradieses
tropft aus seinem Mund
In seinen schwarzen Augen wölbt sich ein Regenbogen, kunterbunt

eeeeee … eeeeee … e … eeeeee … eeeeee … e …

Dandini dandini dastana, der liebe Gott hat ihm
einen Kopf geflochten
Groß wie eine Melone, damit wird er die Brüste
der Mädchen boxen
Nie soll Tau auf seine Wimpern fallen,
keine Flocke, kein Tropfen
Die Engel sollen ihn bedienen,
sein Herz soll ewig für Lust klopfen

eeeeee … eeeeee … e … eeeeee … eeeeee … e …

Der Pascha / Dinçer

Ich, das Riesenbaby, werde wie ein Gummiball von einem Schoß in den anderen geworfen, sie kneifen mir in die Wangen, werfen mich an die Decke, die einzige Rettung ist, so zu tun, als würde ich schlafen, so hab ich ein wenig Ruhe. Du legst mich in die Wiege und schiebst sie unter den Tisch im Wohnzimmer. Die Verwandtschaft wartet, um mich quälen zu können, nach Stunden fahren alle enttäuscht wieder nach Hause, gut so!

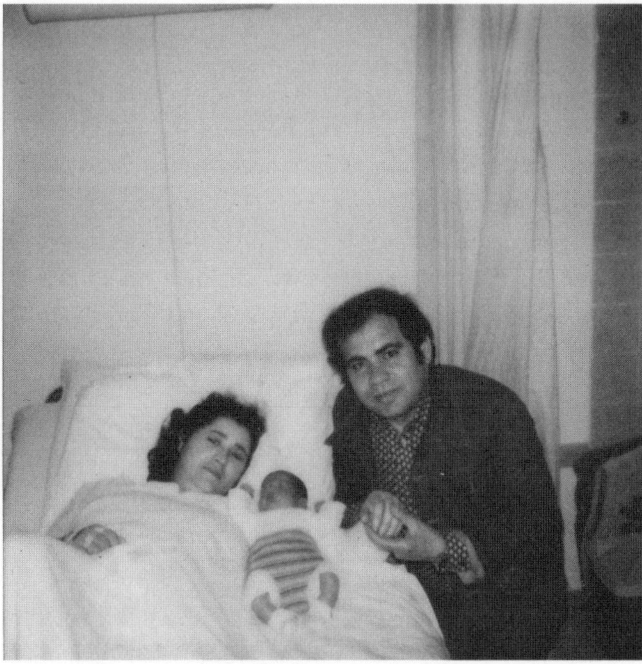

Fatma, Yılmaz und Özgür, 1982

Nein, es sind meine, es bleiben meine Kinder! / Fatma

Trotz der Mahnung des Arztes, eine zweite Schwangerschaft würde für mich wegen der fortschreitenden Asthma-Anfälle gefährlich sein, will ich aber nicht, dass du ein Einzelkind bleibst. Februar im Jahr 1982, dein Bruder Özgür kommt auf die Welt. Liege noch betäubt im Bett. Dein Onkel Mehmed Ali und seine Frau betreten das Krankenzimmer. *Wenn es dir recht ist, würden wir gerne Özgür adoptieren und großziehen.* Ich glaub, ich höre nicht richtig. Dein Onkel wiederholt seinen Satz. Das Blut gefriert in meinen Adern, ich schaue eiskalt an die Zimmerdecke, meine Zunge will sich nicht rollen. Die beiden haben kein Kind, es soll an meinem Bruder liegen, so haben die Ärzte gesagt. Ich verstehe, er fühlt sich schuldig, ich weiß, die Situation wird von der Schwägerin vorne und hinten ausgenutzt, ihr dominantes Gehabe ihm und uns gegenüber ist oft unerträglich. Wieder einmal bittet er um Hilfe. *Nein* antworte ich *ein böses Wort von dir, ein Schlag auf das Kind würden für mich Peitschenhiebe bedeuten, dieses Mal nicht, Bruder …* Er lässt seinen Kopf hängen, zusammen mit seiner Frau verlässt er das Zimmer. *Was für ein Schicksal, alle glauben, von jedem schönen Ereignis würde ihnen ein Teil zustehen.*

Özgür ist zwei Monate alt, meine Milchdrüsen wollen nicht so, das Kind schreit nur noch. *Babynahrung* sagt der Arzt. Ich kenne sowas nicht. Ich laufe runter in die Kneipe, öffne die Kasse, mehr als ein paar Münzen sind nicht zu sehen. *Yılmaz, ich brauche Geld für Babynahrung, das Kind ist hungrig. Mehr gibt es nicht* wagt er zu sagen, er wagt es. Ich packe ihn am Kragen *dann wirst du es finden, sofort, sonst stelle ich dich vor die Tür, jetzt!* Nach einer Stunde legt er 50 Deutsche Mark auf den Tisch.

Ich ahne es aber schon, es hat keinen Sinn, sich auf deinen Papa zu verlassen. Ich stelle mich vor ihn und vor deinen Onkel. Zu deinem Papa sage ich, er solle sofort eine Aushilfe für die Kneipe suchen und dein Onkel solle noch morgen in die Türkei fliegen und die Mutter seiner Kinder holen; ich werde in der Fabrik um meine alte Stelle bitten, und wenn möglich, morgen noch!

Einen Tag später, Punkt 8 Uhr, stehe ich vor dem Personalbüro der Mercedesfabrik, unterschreibe den Vertrag, kann am nächsten Montag wieder in der alten Waschanlage meine Arbeit aufnehmen. Mit der Feile entgrate ich die Gussteile, 100, 200, 300 … bis 500 soll ich es schaffen. Aber in Gedanken bin ich zu Hause, was machen wohl die Kinder, habt ihr ordentlich gegessen, hoffe, euer Papa ist aufgestanden und kümmert sich um euch beide.

Im Herbst 1986 kommt die Schwägerin, Tante Güley, nach Deutschland. Bevor sie ihren Koffer auspackt, wäscht sie die Kinder. Acht Köpfe werden in einem Haus leben, mein Gehalt reicht knapp für die Miete und für das Essen. Die Schulden auf der Bank müssen aber auch noch getilgt werden. *Schulden triefen mir vom Rocksaum.* Der Bauer Helmut kommt jeden Samstag mit einer Kiste erlegter Hasen in die Kneipe. Zum Spargelstechen braucht er ungefähr sechs Frauen. *Lass mich das klären, Helmut.* Dein Papa kauft für mich einen alten VW-Bus. Ich kenne ja die Frauen, deren Männer den ganzen Tag in der Kneipe herumhängen, nichts anderes als Spielen, Saufen und Ficken im Kopf. Nach meiner Schicht sammle ich alle Frauen vor ihrer Haustür ein, wir fahren zusammen nach Grefrath, verteilen uns wie Ameisen im Feld und stechen den goldenen Spargel aus seinem Versteck. Ich verstehe nicht so ganz, warum in Deutschland diese Wurzelart so heilig ist, aber egal, Hauptsache, ich kann damit Geld verdienen. Nur bei Spargel bleibt es nicht, nach der Saison geht es weiter mit Erdbeeren, mit Gurken.

Der Troll und sein Dumbo / Dinçer

Wenn die Langeweile zu groß wurde, setzte ich mich auf das Klosett, öffnete das Badezimmerfenster, schaute verträumt auf den großen Parkplatz. Hier passierten oft seltsame Dinge. Männer in schwarzen Mänteln trafen sich, rauchten lange und krumme Zigaretten, der Parkplatz war eingerahmt von Bäumen, manchmal gingen diese Männer mit einer Frau hinter die Bäume, alles ein wenig mysteriös. Die Müdigkeit der Frauen konnte man vom Weiten erkennen, auch ihr verwischtes Kajal unter den Augen. Die tollste Zeit war immer der Frühling. Im April kamen Menschen mit ihren Wohnwagen und besetzten den ganzen Parkplatz. An diesen Tagen blieb ich in der Kneipe, denn ihre Kinder kamen alle halbe Stunde rein und holten sich Erdnüsse oder Schokoriegel. Ich fragte mich, woher die an so viel Geld kamen. Wenn ich die Summen addierte, gab jedes Kind im Durchschnitt fünf Mark pro Tag für Süßigkeiten aus, in einem Monat machte das 150 Mark, das war für mich eine riesige Summe. Insgesamt war es ein friedliches, lustiges Volk, oft sangen sie zusammen Lieder, deren Texte ich nicht verstehen konnte, dazu tanzten sie mit erhobenen Händen. Die Frauen waren schwer mit Gold behangen. Ihre übergroßen Ohrringe lösten bei mir Begeisterung aus. Von einem Wagen zum anderen wurden Wäscheleinen gezogen, mittags sah der Parkplatz wie eine Wäscherei aus. Auch die Farben und Formen ihrer Unterwäsche erregten meine Neugier. Unsere Unterwäsche war ausnahmslos weiß, Mutter kaufte diese jedes Jahr im Sommer auf dem Bazar in der Türkei. Die auf der Leine gingen mehr in rötliche Töne über, die Slips und Büstenhalter der Frauen waren mit glänzenden Steinen besetzt, wie Katzenaugen glänzten sie im Sonnenlicht. Ein Weltraumschiff, Lichter gingen nachts an und aus. Mit den Kindern habe ich mich nie angefreundet, wahrscheinlich war es das Vorurteil, das man mir unglücklicherweise eingepflanzt hatte. In der Türkei warnten uns die Erwachsenen vor *Zigeunern*. Wenn man sich weit weg vom Haus aufhielte, könnte es sein, dass man von denen verschleppt und in einen Brunnen geworfen würde. Ende Juni zogen diese Familien weiter. Man sah nie, dass sie aufräumten oder sich für eine neue Reise vorbereiteten, von jetzt auf gleich verschwanden sie von der Bildfläche. Kurz danach, bevor die Sommerferien begannen, wurde der Parkplatz von Zirkusleuten besiedelt. Auch hier sah man nie die Ankunft oder den Aufbau. Auf einmal waren sie da, das Zelt war über Nacht aufgebaut worden, die Tiere standen in Herden zusammen, nur die Tiger blieben versteckt hinter Gittern. Ich freute mich am meisten auf den Elefanten, ein ruhiges, nachdenkliches Wesen. Ich bat um Erlaubnis, das Tier zu füttern, ich durfte. Zweimal am Tag lief ich hinüber, legte ihm haufenweise Stroh und drei Eimer Wasser vor die Füße. Für meine Arbeit bekam ich vom Zirkusdirektor eine Freikarte. Der Löwe und der Mann mit dem Feuerring waren zwar die Stars der Show, doch meine Zuneigung galt dem Elefanten. Bei seinem Auftritt überfiel mich eine tiefe Melancholie, die gleiche, die ich in seinen Augen sah, ein Vorwurf, ein Widerspruch, eine Einsamkeit, die mich beschäftigten. Er tat auf der Bühne, was er tun musste, und doch sah man seine Abneigung, sein Fremdsein. Das einzig Schöne war seine Kopf-Rückenbedeckung, die spitz auf seinem Rüssel endete, ich fand sie so spektakulär wie die Unterwäsche der Frauen auf dem Platz vorher, bunt, mit glänzenden Fäden bestickt, zwischen seinen Augen der glänzende Smaragd. Fünf Tage später war auch dieses Volk weg, die Fläche konnte wieder von Kneipenbesuchern als Stellplatz benutzt werden.

Der Umzug des Zirkus brachte eine neue Aufregung. Bald begannen die Sommerferien und die Familie würde wieder in die Türkei fahren.

Ich glaube, ich war gerade mal vier Jahre alt, als Vater mit einem blauen Fahrrad ankam, er wollte mir das Radfahren beibringen. Zusammen gingen wir auf den Parkplatz, durch den Regen hatten sich auf der holprigen Ebene tausende Pfützen gebildet. Wie es bei Vater so üblich war, suchte er für seine guten Taten die ungünstigste Zeit. *Wenn du hier fahren kannst, wirst du auf trockener Fläche fliegen können* das war seine Motivation. Mit beiden Händen hielt er den Gepäckträger fest und wollte, dass ich meine beiden Füße ganz fest auf die Pedale stellte und diese gleichmäßig trete. Solange er hinten festhielt, ging das gut, aber wenn er losließ, kippte ich mit dem Rad, platsch, in eine Pfütze. Mir machte es Angst, ich dachte, die Pfützen könnten so tief wie ein Brunnen sein und würden mich einfach in die Tiefe schlucken. Ich war von unten bis oben klatschnass, Papa bis zu den Knien. Er wollte nicht aufgeben, immer wieder wurde ein neuer Anlauf genommen, immer wieder fiel ich auf die Schnauze, die Hose bekam an vielen Stellen Risse. *Papa, bist du böse auf mich, versprochen, ich werde es lernen.* Nach mehrmaligem Versuch war ich endlich in der Lage, das Gleichgewicht zu halten, und konnte eine kurze Strecke ohne seine Unterstützung fahren, und wieder, nochmal, bis ich einen Bogen um den ganzen Parkplatz radeln konnte. Mein Vater lächelte mich stolz an. Wie neugeborene Welpen torkelten wir nach Hause. Vater füllte die Badewanne mit warmem Wasser, wie immer schüttete er etwas von diesem Kiefern-Shampoo hinein, zusammen saßen wir dann in der Wanne, damit das Wasser unsere Knochen wärmte.

Am nächsten Morgen war ich schon nach dem Aufstehen aufgeregt. Nicht wegen des Kindergartens, nein, nachher, am Nachmittag durfte ich bestimmt wieder flitzen. Dieselbe Hose lag neben meinem Bett, Mutter hatte sie schon repariert, beiden Knieflächen hatte sie Flicken in Herzform verpasst, knallrot, das fand ich ein bisschen peinlich, sah aus, wie die Kartenmänner aus Alice im Wunderland. Aber egal, die Freude auf den Nachmittag war groß, alles andere spielte keine Rolle.

Ab dem Tag wurden der Parkplatz, der See, die engen Spazierwege in den Wäldern mein Revier, ich stellte mir vor, ich wäre ein Adler und könnte den gesamten Himmel erobern. Mit dieser Idee im Kopf fuhr ich stundenlang auf meinem Rad, ich gab ihm den Namen Dumbo. Der Adler und der Dumbo erfuhren so ein neues Gefühl, ein Gefühl der Unabhängigkeit, ein Gefühl für neue Forschungen! Ich war nicht mehr eifersüchtig auf die Gans von Nils Holgersson, nein, er hatte seine Gans und ich meinen Dumbo, die Welt wurde von diesem Tag an größer und größer.

Der bodenlose Nabel / Fatma

Und im Nabel der Fremde sind mehrere Hinterkammern gebaut. In allen suchst du für dein Unvermögen, für deine Sprachlosigkeit einen Rat, einen Stützbalken. Wartest zuversichtlich, wartest und wartest, und gehst weiter, das Ziel bleibt immer ein Rätsel, ein verschwiegenes Versprechen, so sah ich es. An die erste Fremde habe ich mich mit Flug und Landung gewöhnt. Die Vergangenheit hat mir dabei geholfen, das vaterlose Mädchen, die Armut … Ihr, meine Kinder, solltet nicht das erleben, was ich schon hinter mir hatte, das war meine einzige Sorge. Letztendlich ist es ein fremdes Land, du bist der Gast, der produzieren soll, dein Platz ist befristet, solange du funktionierst. Das Umfeld lässt dich diese Lehre nicht vergessen. *Du bist jung und hast Kraft, beschwere dich nicht wegen der Arbeit, arbeite, Fatma* sagte ich zu mir. Ich habe gearbeitet, in Fabrikhallen, auf Spargel- und Erdbeerfeldern. Ich hab nie geahnt, dass der Körper eines Tages die Jugend verraten könnte, das tut er, auch das durfte ich später zu spüren bekommen.

Und die Hinterkammern, die im Nabel der Fremde immer wuchtiger wurden: die Krankenzimmer, die leeren, stillen, kalten Gänge, das schrille Licht in OP-Sälen. Lach mich bitte nicht aus, die deutschen Ärzte haben mehr an mir rumgefummelt als dein Papa. Es gibt keine Stelle, die nicht geschnitten ist. Das Skalpell ist ehrlos. Wenn es einmal unter die Haut dringt, will es immer tiefer. Von OP zu OP wurde ich zu einem größeren Krüppel.

Die Zeit für euch wurde immer knapper, die alltäglichen Dinge drängelten sich immer nach vorne. Die Griechin Zeynep, meine Nachbarin, stand mir oft zur Seite. *Ach, Kaleeee! Mach dir keinen Kopf, ich stehe hinter dir, wie ein Berg.* Sie ist vor

Jahren verstorben, das Paradies soll ihr Ort sein. Ich schulde ihr sehr viel. Das Jahr 1989, ihr Kinder kommt schon alleine zurecht, habt eure eigenen Hausschlüssel. Deine Oma wird von ihrer Schwiegertochter vor die Tür gesetzt, sie brauchte keine Babysitterin mehr. Was sollte ich machen, Dinçer? In das enge Kinderzimmer stelle ich ein fünftes Bett.

Wo waren wir geblieben? Ach, die Krankenhäuser … ich packe meine Tasche, fülle die Gefriertruhe mit gebackenem, gebratenem, gekochtem Zeug und begebe mich in die Hände der Ärzte. Aber was macht ihr, was machen die Kinder ohne mich? Wie diese Schuldgefühle tiefe Schnitte im Fleisch verursachen, habe ich an solchen Tagen erfahren.

Fabrikarbeiterin, Fatma 1978

Ich bring das Mehl, wir backen Börek, Kale / Zeynep

Nach dem Abendessen fährt Ahmet nach Lobberich, in die Kneipe von Yılmaz. *Warte noch einen Moment* rufe ich ihm hinterher, während ich das gespülte Geschirr abtrockne. Packe in die Tüte zwei Tüten Mehl, Spinat und eine Handvoll Schafskäse.

Im Winter sind die Tage zu kurz. Fatma, das Mädchen braucht mich. Neben der Fabrik putzt sie noch die Kneipe, ihre Kinder sind noch klein. Im Sommer sind die Tage lang, aber die Feldarbeit kommt dann noch dazu. Bei Fatma ändert sich also nichts. Mit Ahmet fahren wir von Dülken nach Lobberich, zehn Minuten mit dem Auto. Wie immer, Fatma ist außer Atem, müde, ihr Blick umwölkt. Die Kinder sitzen am Spielautomaten, Dinçer kommt mit seiner rotzigen Nase angelaufen *wie geht es der Zitrone, wann darf ich sie wieder besuchen?* Zitrone ist mein Wellensittich, mein Mitbewohner, mein Freund.

Wann immer du willst, sage deinem Vater, er soll dich mal vorbeibringen ... Dinçers schwarze Augen funkeln. Der Küchentisch ist verwüstet. *Mach du dein Ding, ich knete schon mal den Teig, Kale* sage ich und binde mir die Schürze um. Während ich den Teig knete, kommt Fatma mit zwei Tassen Kaffee die Treppe hochgelaufen, ich wasche meine Hände, lege den Teig zum Aufgehen auf den Heizkörper, setze mich zu ihr, zünde meine Zigarette an. Oft verbringen wir die halbe Stunde mit Schweigen, auch ohne Worte verstehen wir uns. Fatma sieht meine Wunden und ich ihre. Unsere Vergangenheit ist aus gleichem Holz geschnitzt.

Bis 1955 lebte ich mit meinen Eltern in Istanbul, mein Vater war der beste Schuster in Pera. Er hat mir den türkischen

Namen Zeynep gegeben, weil sein Lieblingslied aus Anatolien einem Mädchen namens Zeynep gewidmet war.

Für Zeynep ließ ich einen Kamm aus Gold schmieden
Damit soll sie ihre Locken kämmen ...

Ich war zehn Jahre alt, als dieser verdammte Tag unser Leben und das vieler Minderheiten in Istanbul gegen die Wand schlug. In Absprache mit Staatsorganen schrieb die Zeitung Istanbul Express, dass in Thessaloniki das Geburtshaus von Atatürk von Griechen bombardiert worden sei. Auch wir Griechen in Istanbul wurden für diesen Anschlag schuldig erklärt. Es gibt immer und überall hungrige Hunde, die für ein paar Almosen das Gewissen aus dem Kopf schmeißen. Sofort wurden Trupps von Männern organisiert. Die ersten markierten die Fassaden unserer Häuser und Geschäfte, den Rest erledigte die nächste Gruppe mit Stöcken und Waffen. Nicht nur Griechen zählten zu den Minderheiten, auch Armenier, Juden, Assyrer ... Mein Vater kam nach Hause und verriegelte zuerst alle Türen, eine Woche durfte keiner von uns vor die Tür. Mit Hilfe eines Lederhändlers fuhren wir mit zwei Koffern Gepäck nach Izmir und von da aus mit der Fähre über das ägäische Meer nach Kavala. In die Stadt, wo einmal die Großmutter von Fatma gelebt hat. Meine Mutter dachte sich bis zu ihrem Tod Lieder über die Ausplünderung ihres Hauses aus und sang sie ... Im Jahr 1968 kam ich allein nach Deutschland, hatte hier niemanden. In der Fabrik lernte ich den Ahmet kennen, er war genauso allein wie ich, bei ihm habe ich Zuflucht gefunden. Seine Frau lebte mit zwei Söhnen in der Osttürkei. Ahmet schickte zu jedem Monatsende einen Teil seines Gehalts an seine Fernfamilie. Einige sahen mich als seine Mätresse, deutlicher gesagt: als eine

Hure. Zwischen mir und Ahmet war das kein Thema. Er war mir gegenüber offen, hat nie ein Geheimnis aus seiner Familie gemacht, und ich habe ihn so akzeptiert, wie er ist. Ich koche für ihn, wasche, bügle seine Wäsche, wasche ihm den Rücken und werde als böse Mätresse abgestempelt. Seine Frau in der Türkei, die jeden Monat das Geld abhebt, ist dann die Arme, die Betrogene … So einfach ist es nicht, aber was soll's!

Ahmet erzählte mir, dass die Frau von Yılmaz, die Fatma, im fünften Monat schwanger war und Gelüste nach Maiskolben verspürte. Er wollte bei uns auf dem Bauernhof mal fragen, ob sowas noch zu finden wäre, aber wo sollte der Bauer mitten im Januar Maiskolben finden? In einem Supermarkt hatte ich vor ein paar Wochen noch gekochte Maiskolben im Zweierpack gesehen. Ich fuhr mit Ahmet zum Supermarkt, da lagen die immer noch in der Kühltruhe. Wir kauften zwei Packungen und brachten diese nach Lobberich. So habe ich Fatma kennengelernt. Heute ist sie mir näher als meine eigene Familie. Wie gesagt, bei uns beiden findet sich dieselbe Wunde an der gleichen Stelle. Vor Weihnachten backten wir gemeinsam Kavala-Plätzchen mit Mandeln, Dinçer und Özgür mochten diese auch sehr. Vor Ramadan bereiteten wir Halva zu, backten Yufkas und Börek. Vielleicht ist diese Wundenverwandschaft die engste, ehrlichste Beziehung, die es geben kann, dann spielen auch die Herkunft, der Glaube keine Rolle mehr.

Der Teig ist bereit, lass uns an die Arbeit gehen, bevor die kızanlar (Kinder) vor Hunger die Wände anknabbern. Ich hatte Fatma beigebracht, wie man den Teig mit den Händen so groß wie die Tischfläche streckt. Mehr als ein paar Tropfen Öl braucht man dafür nicht. Und dann konnte sie es besser als ich. Während sie den Teig hauchdünn auszog, wusch und hackte ich den Spinat, und sobald das erste Blech im Ofen war, setzte ich die Teekanne auf den Herd. Mit allem waren wir dann in einer Stunde fertig und es wurde zusammen gegessen. Wenn die Kinder ins Bett gingen, schütteten wir uns gegenseitig noch bis Mitternacht die Herzen aus. Ich fragte Fatma, wie es mit mir wohl enden würde. Was mach ich, wenn mich Ahmet eines Tages vor die Tür setzt oder einfach zurück zu seiner Familie fährt. *Kommt Tag, kommt Lösung* tröstete sie mich mit ihrer warmen Stimme.

Fatma war ein gläubiges Mädchen, alle waren für sie Kinder Gottes, sie machte niemandem Vorwürfe. Sie selbst betete fünf Mal am Tag, buk zum Zuckerfest von morgens bis abends, ließ zum Opferfest ein Schaf schlachten, das Essen hat sie an uns und andere verteilt, ob man ihrer Religion angehörte oder nicht. Auch gegenüber den Mädchen in der Kneipe hat sie nie den Finger erhoben. *Eines Tages werden sie merken, dass die Jugend verweht, die Schönheit verblasst, die Einsamkeit sich bis ins Mark festsetzt, spätestens dann werden sie es schon merken. Und, wie kann ich anderen sagen, sie würden ein falsches Leben leben, wenn ich nicht weiß, wo ich stehe* mehr sagte sie nicht. Hat allen ein Bett zur Verfügung gestellt, ein warmes Gericht, ohne eine Gegenleistung zu erwarten. Alle wussten, die Welt tickte anders, wo die Menschen kaum etwas besaßen. Dort sprudelten immer Sünde und Unmoral, weil der Eigennutz alles andere in den Schatten stellte.

Alle zwei Jahre verbreitete sich das Gerücht, dass die Firma Pierburg ihre Tore schließe, mehr als der Hälfte der Mitarbeiter kündigen werde. Wie im Jahr 1989, als eine Finanzkrise eine große Welle durch die Welt machte. Diese Gerüchte verunsicherten Fatma sehr, sie sprach nur noch von Schulden, die sie noch abbezahlen musste, wie würde sie dann die Kinder großziehen, allein auf die Einnahmen der Kneipe konnte sie sich nicht verlassen. *Kommt Zeit, kommt Lösung, Kale …* ich tröstete sie mit ihren eigenen Worten.

Die Sorgen des Alltags waren wie eine Schleife, das Ende war nie zu finden, so gab es auch zwischen uns immer etwas zu klären. Bis Yılmaz nach oben in die Küche rief *Zeyneeeeep, Ahmet möchte nach Hause fahren …* Diese Zeremonie wiederholte sich ein- bis zweimal die Woche, bis Ahmet in der Fabrik einen Schlaganfall erlitt und bettlägerig wurde. Die Mätresse durfte jetzt die Krankenpflegerin spielen, so ist es nun mal, kein Grund, sich zu beschweren. Ab und zu rief Fatma an *Kale, wie gehts? Seid ihr zu Hause? Ich werde gleich mit Yılmaz ein Blech Börek schicken. Dinçer kommt mit, er will unbedingt den Vogel sehen …*

Ach, Fatma … ach, Kale …

Alle sprechen von Ehre / Fatma

In Grevenbroich, der ersten Stadt in Deutschland, in die wir nach unserer Ankunft vom Kölner Dom aus gebracht wurden, lebte ein Zuhälter namens Cemal. Cemal sammelte junge Mädchen, die ihre Familien aus Angst und vor Sehnsucht nach Freiheit verließen. Die meisten hatten sich unglücklich verliebt oder ihre Jungfräulichkeit verloren und konnten aus Furcht vor Bestrafung und Gewalt nicht mehr ins Elternhaus zurück. Der kleine Cemal, wir sagten *Cemal mit dem Arsch nah am Boden* suchte für diese Mädchen nach Kunden in Kneipen. Vier oder fünf Mädchen brachte er damals zu uns. In der Kneipe durften sie kellnern, putzen, mehr nicht, das war meine Bedingung, Prostitution ging gar nicht. Ich weiß doch, wie die türkischen Männer ticken, fast alle tragen ihr Gehirn im Schwanz. Versuchte, die Mädchen zu überzeugen, wieder zu ihren Eltern zu fahren, letztendlich waren es Mütter und Väter, die würden ihnen schon verzeihen.

Yılmaz findet die Eltern. Mit unserer VW-Karre machen wir eine Deutschlandreise: Die Gül fahren wir nach Köln, die Selma nach Frankfurt, versuchen, die Eltern zu überreden. Die Mütter werden sofort weich und wollen ihre Kinder wieder aufnehmen, bei den Vätern und Brüdern ist es schwieriger. Diese Männer, die bei jeder Möglichkeit sabbernd hinter jeder Frau herlaufen, die sind fest davon überzeugt, dass die Familienehre über alles geht, diese Dummköpfe!

Das Mädchen namens Gül kommt, wie gesagt, aus Köln, der Vater empfängt uns vor der Haustür, das Gesicht hart wie ein Panzer. *Sie ist auf dem Strich gelandet, ich werde mich nicht bemühen, ihr zu verzeihen* murmelt er. Nach drei Monaten kommt Gül wieder nach Lobberich, mietet sich ein kleines

Zimmer und eröffnet ihr Gewerbe. All die Männer, Väter und Söhne, stehen vor ihrer Tür Schlange. Männer, die Familienehre für sehr wichtig halten. Ich erfahre es viel später. Ziehe meinen Mantel an, möchte zu ihr, vielleicht können ein paar Ohrfeigen helfen. Mein Schwager hält mich davon ab. Nach einem Jahr ersticht sie einen Kunden mit dem Messer. Aus dem Kölner Knast schreibt sie uns Briefe. *Verzeiht mir* schreibt sie. Verzeihen? Gott soll dir verzeihen, ich mische mich da nicht ein. Dinçer, du liest mir die Briefe von ihr vor, diese enden immer mit einem Gedicht. Menschen sind komisch. Wenn einem der Hintern brennt, wird aus jedem ein Dichter, seltsam!

Wie gesagt, manchmal klappt es, die Familien kommen wieder zusammen. Manchmal fahren wir mit dem weinenden Mädchen auf dem Rücksitz wieder nach Hause. Ich weiß auch, viele von den Mädchen haben heute Kinder, eine eigene Familie.

Das Lied der Huren

Wir tragen unser Schweigen im Brustkorb, in diesem Schweigen lodern hohe Flammen, viele Hoffeuer. Wir möchten ins Meer geworfen werden, auf der Mähne der Wellen brausen, möchten zum Strand gespült werden, verstummt und müde wie ein Stein. Das Leben ist kein Kampf, weder der Niederlage noch dem Sieg wollen wir das Gesicht einreiben. Selten wird aus einem Traum ein hoher Berg, an seinem Rücken pflücken wir wilde Blüten. Selten fällt die kindliche Seele in die Reife. Hinter uns sind wirbelnde Staubwolken, die Flucht wird ergriffen, der Wind, unser Brot, unser eisiges Wasser. Uns kann kein Prügel halten. Lieber zertrümmern wir das vertraute Heim. Natürlich ist die Einsamkeit unser teuerstes Gut, wir geben ihr einen Tritt, bekommen Tritte zurück.

Aus rohem Wort legen wir die Wunde offen, kehren zu uns zurück und bekehren die Welt. Finden uns an einem Abgrund wieder, ergreifen den Verstand, werfen ihn in die hungrige Tiefe, so wie wir der Sünde verfallen sind, so erschrecken wir uns vor eurer Güte.

Denn eins wissen wir: Der Weg zu eurer Güte führt über die Glut. Deshalb verglühen wir lieber zu Asche im eigenen Feuer. Denn auch wir haben das Wasser aus dem Tonkrug geschlürft, auch wir besteigen die Sterblichkeit zwischen Hier- und Fernsein, letztendlich ist es eine ewige Trunkenheit, ob wir uns in den heiligen Fluss legen oder in den bitteren Wein …

Kneipenszene I

Ein Traum von Dinçer, Männer tragen Dämonenköpfe
wie in dem Film Legende von Ridley Scott

1. MANN: Hast du das neue Küken gesehen? Ich würde sie so sofort abschleppen, besteigen, ihr die Butter auf das Brot schmieren.

2. MANN: Meinst du die mit den langen blonden Haaren?

1. MANN: Ja, die Haare wedeln über ihren Arsch. Die Stute macht mich verrückt.

2. MANN: Sie heißt Selma, sieht nach einem guten Motor aus.

3. MANN: Dann musst du aber schnell sein. Denn wenn die Fatma deine Gedanken liest, hast du verloren.

1. MANN: Sie auf den Boden legen und den Hammer so richtig auf den Amboss schlagen, das brauche ich jetzt.

2. MANN: Dir ist nicht mehr zu helfen, du Schwein.

Mama kommt mit einem Besen in der Hand.

FATMA: Ihr seid alte Männer, schämt ihr euch überhaupt nicht?

3. MANN: Schwester Fatma, nimm es nicht so ernst, das war doch nur Spaß.

FATMA: Denk gar nicht daran! Sie ist ein flügelloser Vogel, lebt hier in meiner Obhut, verdient ihr Geld. Wer sie schief anglotzt, kriegt Ärger mit mir!

1. MANN: Und wenn sie es auch will?

FATMA: Bringt mich nicht auf die Palme! Draußen könnt ihr jede Scheiße treiben, die ihr wollt, aber hier nicht! Hier muss sich jeder beherrschen, und wehe, einer von euch geht an den Reißverschluss!

2. MANN: Schwester Fatma, kannst du mein Weib anrufen, sag ihr, sie soll die Kinder mit Geld schicken. Das Spiel wird noch dauern.

FATMA: Wir haben fast Mitternacht. Deine Frau, Fadime, hat den ganzen Tag geschuftet. Die Kinder sind längst im Bett. Wieso spielst du, wenn du kein Geld hast? Soll deine Frau die sechs Kinder ernähren oder nur noch deine Schulden begleichen?

3. MANN: Wenn du kein Geld hast, wieso spielst du weiter. Sag doch gleich, dass du eine Niete bist.

FATMA: Auch im Schuldenheft gibt es keinen Platz mehr. Müsst ihr diese Pisse trinken?

1. MANN: Schwester, wir trinken, damit ihr Geld verdient.

FATMA: Aha, damit wir Geld verdienen? Das Bier wird hier nicht vom Wasserhahn geliefert. Du hast nie Geld in der Tasche, und wer bezahlt das? Jeder von euch bekommt noch ein Bier, aber das Mädchen lasst ihr in Ruhe, verstanden?

Kindergarten, Dinçer, 1985

Deutsch, eine nagelneue Sprache / Dinçer

Das Jahr 1984, mein erster Tag im Kindergarten. Mit den anderen Kindern rede ich kein einziges Wort, sitze in der Ecke wie eine Skulptur. Eine andere Sprache wird hier gesprochen. Wir leben zwar in Deutschland, trotzdem finde ich es seltsam, dass hier Deutsch gesprochen wird. Das Ghettokind hat es schwer mit der neuen Kultur. Es ist Hochsommer, die Spielstube unerträglich warm. Irgendwann halte ich es nicht mehr aus, gehe mit langsamen Schritten zu der Kindergärtnerin und zeige auf die Flasche *kann ich eine Wasser?* Sie schmunzelt mich zuerst an und korrigiert mich, ohne mir den gebrochenen Satz ins Gesicht zu schlagen. *Ja, du darfst Wasser trinken.* Selbst heute kommt es vor, dass ich die Artikel durcheinanderbringe. Meistens liest Wolfgang, mein Freund, die Texte als Erster, bevor sie irgendwo veröffentlicht werden. Irgendwie habe ich es geschafft, dieses Ghetto bis in die Gegenwart zu tragen.

Zu Mittag müssen wir Kinder alle an einem großen Tisch sitzen, es gibt lauwarmen Eistee und Zwieback. Ich hatte natürlich nicht wirklich mit Sucuk gerechnet, aber ein Spiegelei, vielleicht ein bisschen Fladenbrot dazu wäre nicht schlecht gewesen. Wie Nagetiere knabbern wir an diesem Stück hartem Brot.

Auch an den folgenden Tagen komme ich aus meiner Rolle des Außerirdischen nicht raus. Zwei, drei Jungs gibt es in der Gruppe, die mich für taub und stumm halten.

Eines Tages werde ich von der Kindergärtnerin aufgefordert, mit den anderen im Sandkasten zu spielen. Für eine Ablehnung fehlt mir der Mut, ich setze mich auf den Kastenrand. Die zwei, drei Kinder kommen mit ihren Eimern und überschütten mich mit Sand, immer wieder, von den Ohren- bis zu den Nasenlöchern bin ich mit Sand vollgestopft. Vater holt mich ab, er merkt es nicht einmal. Als wir zu Hause ankommen, siehst du mich erschreckt an *sofort in die Badewanne!* Deine Stimme klingt verärgert *und zieh dich erst aus, wenn du in der Wanne bist!* Ich mach, wie du es willst. Dann kommst du noch hinter mir her und ziehst mir die Unterhose runter. Beim Waschen schimpfst du mit mir, weil ich mich nicht gewehrt habe.

Am nächsten Tag sitze ich auf der Kante des Sandkastens, die drei kommen wieder auf mich zu. Ich nehme den Plastikkran und haue damit dem Vorderen auf den Kopf, seine Stirn blutet. Ein Arzt und die Eltern werden angerufen. Zuerst kommt der Arzt, dann kommt Papa, und später kommt die Mutter des Jungen. Papa soll mich nach Hause bringen. Morgen soll ich zu Hause bleiben, Papa soll bitte mit dir im Kindergarten erscheinen.

Als ihr vom Kindergarten zurückkommt, schmunzelt Papa, du siehst gestresst aus und schimpfst *tausend Worte hat die Frau gesprochen, ich hab mehr als die Hälfte nicht verstanden, wenn du mir wieder Kummer bereitest, breche ich dir die Beine, ist das klar?* Was nun, zwei Tage davor hast du mit mir geschimpft, weil ich keinen Widerstand geleistet habe, und jetzt so? *Ich habe dir gesagt, du sollst dich wehren und nicht die Köpfe wie Melonen durchteilen!* Vater und du, ihr geht in die Küche, ich höre deine klagende Stimme. *Vor zwei Tagen noch haben die Kinder Dinçer gedemütigt, misshandelt. Wurden die Eltern der Kinder auch zu einem Gespräch eingeladen? Natürlich nicht, aber wenn mein Kind sich wehrt, wird es wie ein Krimineller behandelt, glauben die, ich bin so naiv und merke das nicht!*

Vater schweigt vor deiner Tirade, ich fühle mich wieder besser. Auch wenn du es mir nicht ins Gesicht gesagt hast, weiß ich jetzt, dass du auf meiner Seite bist.

So langsam kriege ich ordentliche Sätze hin. Beginne auch, zu Hause Deutsch zu reden, alle sind begeistert. Du rufst deinen Bruder an, erzählst ihm, wie fließend ich Deutsch sprechen kann, deine Stimme ist so übertrieben stolz, ein Fremder könnte beim Zuhören denken, dein Sohn sei jetzt Oxford-Absolvent!

Die Lage wird noch übertriebener. Ich werde in der Sippe fast zu einem staatlich geprüften Dolmetscher erklärt. Egal, wer beim Arzt, beim Rechtsanwalt, bei der Bank einen Termin hat, ich werde wie eine Aldi-Tüte mitgeschleppt. Besonders die Frauen in der Verwandtschaft geben keine Ruhe, mindestens zwei Arztbesuche gehören zum Wochenplan. Diese Arztbesuche haben ihre komischen Momente, zum Beispiel wird meine Oma, die schon eine Pilgerreise nach Mekka unternommen hat und eine sehr strenge Hacı ist, die keine einzige Haarsträhne unbedeckt lässt, im Untersuchungsraum zu einem Striptease-Girl. Bevor der Arzt die Schublade öffnet und nach der Spritze greift, lässt sie alles vom Leib fallen. *Ist gut, ist gut, ich brauch nur ein bisschen Pobacke* (hier versucht Doktor Hadjan mit Daumen und Zeigefinger die winzige Fläche zu zeigen). Aber die Oma hat ihre eigene Art, lässt sich nicht ablenken und steht wie die heilige Eva vor ihrem Adam. Dabei bleibt es nicht, sie zeigt ihm fast alle Körperteile, er solle bitte mal drübergehen, so wird er sehen, wie angeschwollen ihr Körper, wie kaputt die ganzen Knochen seien. Nachdem Doktor Hadjan den ganzen Körper abgetastet hat, bittet er sie, sich wieder anzuziehen, und beginnt mit seinen Notizen. Nachdem Oma wieder bekleidet ist, nimmt sie aus ihrer Manteltasche drei, vier Medikament-Verpackungen und legt sie dem Doktor auf den Tisch. Diese Medikamente hätte sie von anderen Frauen aus der Sippe empfohlen bekommen, die sollen sehr gut gegen die Schmerzen sein, er solle sie bitte mit auf das Rezept schreiben. Kopfschüttelnd wirft der Doktor die Verpackungen in den Papierkorb, wieso sollte er Tabletten gegen Migräne aufschreiben, wenn es so eine Diagnose nie gab? Auf dem Weg nach Hause fragte ich Oma einmal, wieso sie sich immer ganz ausziehe, sie bekäme doch nur eine Spritze. *Schau du nach vorne, ich weiß doch, was der Bastard für ein mieser Kerl ist, er hat es auch lieber so! Und wehe, du erzählst zu Hause diesen Unsinn, ich werde dich mit der Bratpfanne in Stücke teilen, hast du mich verstanden. Ich bin über achtzig Jahre alt und habe bis zum heutigen Tag für meine Ehre gelebt, was du mir alles vorwirfst. Schluss jetzt! Bist wie dein Vater, nur Teufelskram im Kopf!*

Der Knall an der Wand / Dinçer

Du kamst von der Firma, musstest aber wieder los aufs Feld. Es war die schwülste Zeit des Jahres. Die Zeit der Gurken. Noch in deinem Arbeitskittel wolltest du in der halben Stunde, die dir noch blieb, die Küche aufräumen. Vater saß am Küchentisch und versuchte ungeschickt, die Batterie seiner Uhr zu wechseln, ich saß auf der Fensterbank, von der man auf das Dach der Kneipe gelangen konnte. Auf den meisten Fotos meiner Kindheit posiere ich hier über diesem Dach. Deine Teigschüssel füllte ich mit Wasser und ließ den ganzen Nachmittag Papierschiffchen segeln. Dann war da noch dieses Puzzle aus 1000 Teilen, die sich zu einem wiehernden, weißen Pferd zusammenfügen ließen.

Yılmaz, du kannst Kartoffeln und Eier kochen und schälen, das reicht für die Kinder, für morgen habe ich nichts mehr da, kannst du heute ein bisschen einkaufen?

Vater gab keinen Ton von sich, versuchte immer noch, seine Uhr zum Laufen zu bringen.

Yılmaz, gib mir doch wenigstens eine Antwort, Willi rechnet erst am Montag ab, ist die Kasse schon wieder leer?

Ich hörte den Knall der Uhr an der Wand, erschrocken sprang ich auf das Dach, versteckte mich hinter dem Schornstein, die Welt wurde ganz still, stand ewige Minuten wie aus Blei gegossen hinter dem Schornstein. Erst als mein Herz sich wieder beruhigt hatte, wagte ich mich aus meinem Versteck, ging mit langsamen Schritten zum Küchenfenster. Du saßt jetzt am Küchentisch, die Arme auf dem Tisch gekreuzt, der Kopf auf deinen beiden Armen, ich hörte dein leises Schluchzen, sah die vielen Teile der Uhr auf dem Boden, eine dunkle Kerbe über der Arbeitsplatte an der weißen Wand. Schnell holte ich mein Puzzle und setzte mich zu dir, fing von vorne an, wollte schnell den Kopf des Pferdes zusammenbasteln und ihn dir zeigen. Bevor ich mit der Augenpartie fertig war, hast du den Kopf gehoben, die Tränen mit deinem Kopftuch abgewischt, hast meine Haare geküsst und gingst mit schweren Schritten die Treppe hinunter, zurück blieb das gleiche Knacken der Stille.

Das war der Moment, wo ich dachte, ich als ältester Sohn der Familie könnte vielleicht auch eine Arbeit finden und meine Eltern unterstützen, schließlich war ich jetzt fast sieben und könnte auch ein wenig Verantwortung übernehmen.

Ich nahm die Schürze, die an der Tür hing, wickelte die Bänder um den Bauch, fing an, das Geschirr im Becken zu spülen, kehrte dann mit dem Besen die tausend Teile der Uhr zusammen, ab in den Müll. Holte vom Keller Kartoffeln, aus dem Kühlschrank die Eier, setzte den großen Topf, gefüllt mit Wasser, auf den Herd. Nachdem das Wasser ordentlich sprudelte, schaltete ich den Herd aus, schüttete die gekochten Kartoffeln und Eier in die Spüle, ließ das Wasser so lange laufen, bis alles kalt wurde, pellte jede einzelne Kartoffel und jedes Ei und legte alles in eine Schüssel. Danach nahm ich ein Obstmesser aus der Schublade und fing mit der Operation an, die tieferen Risse in den Kartoffeln, die von den Gabeln der Roder verursacht worden waren, mussten entfernt werden. Etwa die Hälfte der vorherigen Menge blieb danach übrig. Ich war von meiner Arbeit enttäuscht, hätte alles sorgfältiger machen können. Habe an dem Abend auf den Treppenstufen auf dich gewartet, um dir zu zeigen, was ich alles schaffen kann, überlegte dabei, wie ich es dir am besten sagen sollte, dass ich die Schule abbrechen und mir eine Arbeit suchen würde. Doch irgendwann wurde es zu spät und Vater forderte mich auf, zu Bett zu gehen. Ich war dann sehr müde und schlief sofort ein.

Am nächsten Tag hatte ich nicht den Mut, dir von meinem großen Plan zu erzählen, stattdessen schmiedete ich neue Pläne. Am Samstagmorgen, wenn ich schulfrei hätte, würdest du es sehen. Ja, ich wusste, dass du samstags schon um 6 Uhr auf das Feld an der Grenze fahren würdest. Ich verbrachte die Nacht im Halbschlaf, stand um 5 Uhr auf, nahm den Schlüssel vom VW-Bus, öffnete die Schiebetür und lief wieder nach oben, legte den Schlüssel auf die Kommode neben dem Telefon. Dann wieder hinunter. Ich rollte mich wie ein Igel unter dem Rücksitz zusammen. Ich wollte unsichtbar sein, denn ich konnte nicht einschätzen, wie du auf meine Idee reagieren würdest. Ich kenne ja auch deine wütende Seite, wenn dir was nicht passt. Das Warten dauerte bestimmt ein Jahr, ich nickte vor Müdigkeit ein, bis du die Tür öffnetest. Die Thermoskanne und die kleine Brottüte für die Mittagspause, in der wie immer zwei Scheiben Brot, eine Tomate und eine Peperoni waren, legtest du auf den Beifahrersitz. Mein Herz schlug vor Aufregung wie ein Trommel-Bando, ich vergaß zu atmen. Du schnalltest dich an, stecktest den Zündschlüssel ins Schloss, mit dem Anspringen des Motors bekam ich einen Schwitzanfall. Die Mischung aus Angst und Neugier ließen meine Atemzüge kippen. Ich hörte ein langes *bismillahirrahmanirrahim.*

Du fuhrst los. Nach ein paar Minuten standen wir schon vor Tante Fadimes Haus. Es ärgerte dich, dass sie noch nicht draußen vor der Tür stand, drücktest fest auf die Hupe, sie öffnete die Schiebetür.

Wo bleibst du, Schwester? Wir müssen noch die anderen fünf Frauen abholen, Willi hat uns für 7 Uhr bestellt.

Hab die ganze Nacht wieder auf den Mann gewartet, er ist erst in den Morgenstunden gekommen, natürlich besoffen antwortet Tante Fadime seufzend.

Und wie viel wollte der Taxifahrer heute?

80 Mark, das ganze Geld für den Wocheneinkauf habe ich dem Taxifahrer auf die Hand gezählt. Der Hurensohn hat sich von Köln nach Hause fahren lassen. Er war bestimmt wieder in dem großen Kasino.

Hat er dich geschlagen?

Tante Fadime konnte nicht antworten, sie weinte. Du fuhrst weiter zur Bushaltestelle, da warteten die nächsten zwei Frauen. Erst als du das vierte Mal angehalten hattest, wurde ich von Tante Elmas entdeckt.

Fatma, was macht das Kind hier unter dem Sitz?

Welches Kind?

Tante Fadime beugte sich runter, ihre Kugelaugen gafften mich an wie eine Eule.

Tatsächlich, Dinçer liegt hier unter dem Sitz.

Jetzt kam der Moment der Klarstellung. Du fuhrst an die Seite, stiegst aus, öffnetest die Schiebetür und, peng, unser Augenkontakt. Ich kannte diesen Blick. Bevor du die Krallen ausstrecktest, kam ich aus meinem Versteck, stellte mich vor dich hin und versuchte stotternd, dir meinen Plan begreiflich zu machen.

Ich werde ab jetzt mit dir auf das Feld kommen, arbeiten und Geld verdienen, damit du nicht mehr weinst. Und wenn du mich jetzt nach Hause schickst, komme ich mit dem Fahrrad nach, ich kenne die Strecke, das Feld ist hinter dem Schwimmbad. Ist mir egal, du kannst mich auch schlagen, ich mache es trotzdem.

Setz dich vernünftig auf den Sitz …

Mehr hast du nicht gesagt. Hast mit dem Bus einen U-Turn gemacht und bist die Strecke zurückgefahren. Keine von den Frauen sprach ein Wort, alle wussten, wenn Fatma sauer ist, sollte man sich nicht einmischen. Als wir wieder vor unserer

Haustür standen, öffnete Tante Fadime die Schiebetür und sagte mir, ich solle vernünftig sein und zurück ins Haus gehen.

Er kann sitzen bleiben, ich sag nur Yılmaz Bescheid.

Ich konnte meinen Ohren nicht glauben. Yeaaaah, ich hatte es geschafft, sie war damit einverstanden. Tante Elmas gab mir einen dicken Kuss auf die Wange …

Unsere Männer liegen wie Vieh im Bett und die Kinder kommen mit aufs Feld, was für ein Leben, was für ein Scheißschicksal dramatisierte sie die ganze Szene mit ihrer wehleidigen Stimme.

Egal, nichts auf der Welt konnte meine Freude kleiner machen. Du kamst wieder zurück, der Bus sauste mit Vollgas los. Es lief deine Lieblingskassette von Yüksel Özkasap, ihr nanntet sie die Nachtigall Kölns.

Ich ging den Fluss entlang
Trank das kalte Wasser
Wie ich auf diese Sorgen verfallen bin
Wie soll ich das wissen, wie soll ich das wissen …

In Grefrath hast du den Bus in den Hof gefahren. *Steig aus* fordertest du mich auf. Ich stieg aus und lief dir hinterher. Du riefst nach Willi, deine Stimme klang wie eine Schlagbohrmaschine, egal, auch das konnte ich verkraften. Willi öffnete das große Tor vom Kuhstall und kam mit seinen knielangen Stiefeln auf uns zu.

Er möchte arbeiten. Ich fahre jetzt mit den Frauen auf das Feld, ich überlasse es dir, was du mit ihm machst. So fing eine neue Geschichte an, eine Geschichte, die auch noch nach Jahren ihre Spuren zeigt. Weißt du, was mit dem Puzzle geworden ist? Ich hab es nie mehr angefasst.

Kaputt ist kaputt / Fatma

Die Arbeit auf dem Feld ging bis in die späten Abendstunden. Besonders bei schwülem Wetter wächst diese Wurzel unheimlich schnell, du kommst gar nicht hinterher. Ihr müsst noch gewaschen werden, wir müssen noch ein wenig aufräumen. Nach nur vier Stunden Schlaf muss ich wieder aufstehen, für meine andere Arbeit in der Metallteile-Fabrik. Ich bin in der Frühschicht eingeteilt und stehe an der Waschanlage. Es fehlen Stahlkörbe. Wohin soll ich die Gussstücke einsortieren? Der Gabelstapler ist auch nicht zu sehen. Die fertigen Teile stauen sich auf dem Band. *Akkord, Akkord …* Ich lauf in die andere Abteilung, um dort Körbe zu holen. Betrete die Halle, das Eisentor bewegt sich hinter mir, ich höre es, aber bevor ich zur Seite springen kann, werde ich auf den Boden geschleudert. *Der Boden ist eiskalt, der Boden ist eiskalt …*

Ich höre, wie meine Knochen brechen, verliere das Bewusstsein, die Augen öffne ich erst wieder im Krankenhaus. Zwei Jahre dauerte die Behandlung, Operation, Reha, Operation, Reha … Ich sah mich nur noch als halber Mensch. War keine richtige Mutter, keine Frau, keine Arbeiterin mehr. Ihr kamt mich besuchen, euch beiden streichelte ich übers Haar, steckte euch die Fruchtjoghurts, die Marmelade in die Tasche. Dann wieder ein Messerstich, neue Schrauben braucht der Körper.

Die Fabrik gab meine Verletzung nicht als Arbeitsunfall an, die Gewerkschaft unternahm auch nichts. Ich traute mich nicht, beim Amtsgericht anzuklopfen. Ein Dolmetscher, ein Rechtsanwalt kosteten wieder Geld, wer sollte das alles bezahlen?

Es ist, wie es ist, du bist die Maschine, wenn du kaputt bist, bist du eben kaputt. Nichts zu machen.

Ich war doch dein Prinz, oder? / Dinçer

Du trugst so gerne Stöckelschuhe und den knielangen Mantel, der wie angegossen auf deinem Körper saß, deine schöne Taille umrahmte, das karierte Kopftuch, und im Winter warfst du den selbstgestrickten Schal über deine Schultern. Wie schön du aussahst, eine Prinzessin aus einem fremden Land. In vielen Zeichentrickfilmen sah ich die Spieluhren, die zaubern konnten, meistens auf den Nachtkommoden von Kindern, die abends allein zu Bett gehen mussten. Mit dem Zauber dieser Spieluhren reisten diese Kinder in andere Märchenländer. Deine Stöckelschuhe waren meine Spieluhr. Wenn du die Treppe auf und ab gingst, die Tischdecken in der Kneipe zusammenfaltetest, vor der Haustür die Straße kehrtest, wie soll ich dir das jetzt erzählen, dass dieses wunderbare Geräusch mir das Tor zu anderen Welten öffnete. Während du auf diesen Schuhen in Bewegung warst, wusste ich, die Uhr würde stehenbleiben und Mitternacht noch lange nicht kommen. Die Tischdecke mit Brandlöchern in der Küche verwandelte sich in einen Kilim aus Tausendundeiner Nacht, die kitschigen Gipsvögel in der Vitrine bäumten sich auf wie ein Phönix, die matte Wasseroberfläche vom Breyeller See bekam zuerst einen feurigen Teppich, dann tauchte der Drache auf, flog an unseren Fenstern vorbei, spuckte sein Feuer, der Himmel schimmerte wie eine Discokugel, die traurigen Fischstäbchen von gestern auf dem Küchentisch, das halbleere Nutella-Glas, das trockene Graubrot, all das sah nun aus wie das Festmahl für den Prinzen. Die Mäuse im Dachgeschoss habe ich immer ausgelassen, eigentlich gute Figuren für ein Märchen, die habe ich aber gehasst!

In diesem Rausch war es für mich unvorstellbar, dass du in einer Fabrik arbeitest, niemals mit diesen Schuhen, vielleicht in einer Patisserie, das konnte ich mir noch vorstellen. In der Weihnachtszeit sah ich diese Plätzchen, Trüffeln in kleinen 100-Gramm-Tüten im Schaufenster der Bäckereien. *Wer hat so viel Geld und kann sich das leisten* fragte ich mich oft. Diese Plätzchen könnten nie in einer Küche wie unserer hergestellt werden, nur in einer Zauberküche wie in Zeichentrickfilmen, und in so einer Küche habe ich dich immer gesehen, wie du die Plätzchen mit Schokolade verzierst, Mandeln, Walnüsse, Puderzucker darüber streust, das Gebäck auf Spitzendecken aufreihst, eine goldene oder rubinrote Schleife um die vollen Tüten bindest und diese zum Schluss mit bunten Stiften beschriftest. Ja, an so einen geheimnisvollen, süßen Ort passten deine Stöckelschuhe sehr gut.

Wenn du mal im Garten warst, um ein wenig Lauch, Sauerampfer oder Kräuter zu holen, sprang ich schnell in diese Schuhe, lief fünf, sechs Schritte im Wohnzimmer, meine beiden Arme webten einen Prinzenumhang, solche Glücksmomente der Kindheit gab es auch. Du hast bestimmt gemerkt, dass deine Schuhe mit der Zeit eine komische Form bekamen und ich der Täter war. Du hast es mir aber nie ins Gesicht gesagt, wolltest mich nicht in diese Verlegenheit bringen, oder es war eine Art Selbstschutz, dir selber wolltest du nicht eingestehen, dass dein Sohn, der irgendwann mal ein Mann sein, dich beschützen sollte, mit den Stöckelschuhen seiner Mutter spielte. Vielleicht wolltest du dir diese letzte Hoffnung nicht kaputt machen.

Nach der Fabrik hast du dich im Schlafzimmer schnell umgezogen, statt Stöckelschuhen trugst du jetzt Plastikstiefel, ein weißes Kopftuch mit gehäkelter Spitze und die blaue Arbeitsschürze. Dieses Mal sahst du aus, wie die Chefin eines Clans, fuhrst den riesigen Bus, sammeltest die Frauen vor ihren Haustüren ein, sprachst mit den Bauern, wenn die Frauen Probleme hatten oder wenn der Wochenlohn ein wenig eilte. Wenn du mit den Bauern redetest, war jedes Problem schnell gelöst. Das alles durfte ich sehen, als ich dich mit acht Jahren begleitete und den Traktor für drei Mark die Stunde auf dem Gurkenfeld fuhr, diese eine Seite von dir war mir neu und es gefiel mir sehr. Die Dame auf dünnen Absätzen, mit schickem Mantel mochte ich vielleicht mehr, aber diese Big-Mama-Rolle von dir gab allen eine Sicherheit, alle wollten sich dahinter verstecken, stolz war ich schon!

Ich habe nach einer Woche von Willi 60 Mark Wochenlohn bekommen, eine große Freude! *Verschwende das Geld nicht, geh damit sparsam um* sagtest du mir auf dem Rückweg. Sparsamkeit war das erste Gebot in den sogenannten Gastarbeiterfamilien. Ich fühlte mich jetzt ein bisschen erwachsener, langsam könnte ich mich von dem Kind verabschieden. Das gleiche Kind schreibt heute diese Zeilen.

Am nächsten Tag fuhr ich auf meinem Fahrrad zum Schuhverkäufer des Dorfes, lehnte das Rad ans Schaufenster und ging mit erhobener Brust hinein. Die Verkäuferin schickte mich wieder raus, ich sollte das Rad nicht an das Schaufenster lehnen. So war Deutschland. Es gab Regeln. Es war schwer, eine Freude ganz auszuleben, das Gefühl, du machst was falsch, gehörte einfach zum Alltag. Zweiter Versuch, ich ging rein. *Hier hab ich 60 Mark, möchte damit für meine Mutter Stöckelschuhe in der Größe 38 kaufen! Im Ernst* fragte sie mich mit ihrem stutzigen Gesicht. *Ja, warum nicht! Aber bitte mit hohen Absätzen!* Das wiederholte ich zwei- bis dreimal. Die Verkäuferin sammelte sechs Paare zusammen und stellte sie auf den Kassentisch, die sahen wunderbar aus. Doch die lila glänzenden Schuhe mit wirklich hohen Absätzen gefielen mir am besten, das war's, wonach ich suchte. *Diese will ich kaufen.* Ich zeigte mit dem Finger auf das Paar, holte das Geld aus der Tasche, legte es auf den Tisch. Die Verkäuferin schmunzelte *Kleiner Mann, diese kosten 89 Mark, 29 Mark fehlen dir noch!* Eiskalt sagte ich ihr, sie solle die Schuhe bitte zur Seite stellen, ich käme nächste Woche wieder. *Dafür musst du mir 20 Mark hierlassen.* Einverstanden, sie bekam den Zwanzigmarkschein. In der nächsten Woche wurde ich wieder mit 60 Mark entlohnt, fuhr zum Schuhladen, gab der Verkäuferin 69 Mark und bekam die glänzenden lila Schuhe überreicht. Für 1 Mark habe ich bei Seifenplatz eine Rolle Geschenkpapier gekauft. Klebeband wäre auch nicht schlecht gewesen, aber mit ein wenig Geduld schafft man das Einpacken auch mit Flüssigkleber. Das Paket legte ich dir auf die Nachtkommode. Gegen 22 Uhr sprang ich in mein Bett und wartete auf deine treppensteigenden Absätze. 22:30 Uhr, endlich war es so weit. Vor Aufregung vergaß ich zu atmen und fiel fast in Ohnmacht. Ich weiß nicht mehr, ob es Wirklichkeit oder eine Einbildung war, du kamst, streicheltest mit der Hand über meine Haare, gabst mir einen Kuss auf die Wange. Nur einmal, auf einer Hochzeit, hast du diese Schuhe getragen. Als wir zu Hause waren, sah ich die Blasen an deinen kleinen Zehen. Du hast kein Wort darüber verloren. Nachher hab ich diese Schuhe nie mehr gesehen, bis vor Kurzem der Keller vom Regenwasser überflutet wurde. Zwischen Töpfen und Decken lag eine Tüte, darin waren sie, Schimmel hatte sich angesetzt, doch ich konnte die Schuhe wiedererkennen. Kurz habe ich überlegt, ob ich sie weiter aufheben sollte, wer weiß, welche Geschichten man noch daraus schöpfen könnte? Der Gedanke war aber nach einer Sekunde verflogen, ich packte die Tüte, machte noch einmal eine kleine Reise in die Vergangenheit, spürte deine Finger zwischen meinen Haaren, deinen

Kuss auf meiner Wange. Es war ein neuer Abschied. Das ist vielleicht die Tragödie in dieser Geschichte, dir näherkommen und doch immer wieder Abschied nehmen zu wollen. Ein Widerspruch, den ich gerade beim Schreiben immer wieder empfinde. Nichts soll mehr bei mir bleiben, keine Erinnerung, nichts! Und doch suche ich den Geruch, die Gesichter, deine Stimme aus einer Zeit, die schon längst nicht mehr existiert. Vielleicht gab es das alles gar nicht, vielleicht ist alles nur von mir erfunden, vielleicht nehme ich das alles aus dem Nichts und schreibe es auf Wasser auf, auch das hier wird nicht bleiben.

Das hier ist nicht mein Leben. Das hier ist nur die Zeit, in der ich im Leben der Anderen die Töpfe fülle, das Haus abbezahle, der Zukunft vier Beine montiere dachte sie. *Erst wenn die Kinder ihren Weg finden, die Rentenkasse die geliehene Rolle im geliehenen Leben entschädigt, werde ich beginnen, diese Wundertüten zu öffnen* dachte sie und lagerte ein halbes Jahrhundert lang alle Kartons, die sie mit ihren gesparten Münzen bei türkischen Exporthändlern kaufte, im Keller: Wandteppiche mit Motiven aus Tausendundeiner Nacht, Bodenteppiche mit imitiertem Orient, vergoldetes Besteck, Besteck für ein eventuelles Familien-Picknick, Töpfe mit Teflon, Töpfe aus Edelstahl, Töpfe mit Gummigriffen, Stoffballen als Ersatz für verlebte Bezüge: Samt, Seide, Leinen, Tüll … Thermoskannen, Strickgarn in allen möglichen Farben, gehäkelte Tücher für die Vitrine, Kommode, für den Fernseher, für den Tisch, für den WC-Spülkasten, Wäscheklammern, ein Satz Porzellan mit Fliedermuster, ein Satz Porzellan mit Rosenmuster, ein Satz Porzellan mit Zwiebelmuster, ein Satz Porzellan mit Entenmuster, ein Satz Porzellan in Karamell … mit Streifen, Punkten, Quadraten … Bei der letzten Inventur hab ich jeweils 864 Teller und Kaffeetassen gezählt und sie fragte nur, ob die Endzahl durch sechs teilbar sei, ja, Mutter. Sie war beruhigt. Für Salzstreuer, Salatschüsseln, Saucieren, Eierbecher wollte ich eine zweite Liste anfertigen, hier, für diesen Text, ging leider nicht mehr. Gestopfte Puppen, gestickte / genähte Sommer- / Wintergarderobe für diese Puppen und noch jede Menge Kram. Dann kam im Herbst 2011 dieser Regensturm, zu scharf für die porösen Dachziegel. Mit Eimern und Schüsseln konnte der Holzboden noch gerettet werden, der Keller nicht. Um ihr richtiges Leben nicht dem Rost und Schimmel zu überlassen, bestellte ich einen Container. Am Nachmittag lieferte die Firma den Acht-Kubikmeter-Behälter. Bevor ich ihn mit ihrem richtigen Leben füllte, ging ich zu ihr in das Esszimmer, um zu fragen, ob sie noch irgendetwas retten wolle. Sie saß am Esstisch und löffelte ihre Suppe mit einem verbogenen Löffel aus ihrem Lieblingsteller mit abgesplittertem Rand und verwaschenem Elchmuster.

Nein, ich habe keine Zeit mehr für diesen ganzen Kram. Gleich beginnt meine Lieblingsserie. Letzte Woche hat der Junge des reichen Hauses seine schöne Verlobte mit einer Blondine betrogen. Bin gespannt, wie es gleich weitergeht, dieses Arschloch …

Sommer 1988, Uşak / Türkei

Die Sommer / Fatma

Ach, unsere Sommerferien in der Türkei. Sobald die Schulferien beginnen, pressen wir uns in den alten VW-Bus und fahren in die Türkei. Vor der Reise fährt dein Papa nach Holland und holt zwei Säcke Gurken, ihr holt bei Aldi eure Chips-Tüten, ich und die Tante Güley bereiten Teigtaschen, Frikadellen zu, die Raststätten sind zu teuer. Ich sitze vorne, schäle die Gurken, schaue immer wieder in den Europa-Asien-Reiseführer, studiere die Route. Der Bus ist mit unserem Kram bis zur Decke vollgestopft. Mit Kram meine ich die Töpfe, Teller, Stoffe, die ich und Tante Güley mit gesparten Pfennigen gekauft haben. Wir finden es viel zu schade, diese schönen Dinge im vergänglichen Deutschland-Leben auszupacken. Hoffen immer noch, dass eines Tages in der alten Heimat unser richtiges Leben beginnt, dafür die ganzen Vorbereitungen. Wenn wir Glück haben, sind die Autobahn und die vielen Grenzen frei, der Bus hat keine Panne, und wir sind in drei Tagen und drei Nächten in der alten Heimat. Wenn wir dort ankommen, stinken wir nach faulem Obst und strenger Würze.

Die fünf Wochen in der Türkei sind alles andere als Erholung. Schwiegervater hat in den letzten Jahren Felder gekauft. Jeden Tag kommen 20 bis 30 Feldarbeiter auf einem Anhänger aus der Stadt, die werden von uns bekocht. Der Weizen will vom Stein getrennt werden, die Erbsen wollen in die Kammer getragen werden … Wenn die Nacht anbricht, sammelt sich das ganze Dorfvolk bei uns im Hof, alle wollen *die Deutschen* sehen. Zehnmal am Tag wird der Tisch gedeckt, die Teekanne gefüllt, das Geschirr gespült, das Wasser aus dem Brunnen mit einem Eimer hochgekurbelt. Das Dorf, in dem meine Mutter, Hanife, geboren ist, liegt nur eine halbe Stunde entfernt. Doch ich komme gar nicht dazu, die Tanten und Onkel zu besuchen. In der ersten Woche schaffe ich es ein einziges Mal, das deutsche Shampoo und die Aldi-Nussknacker-Schokolade zu verteilen, und vielleicht noch ein Mal in der letzten Woche, um mich zu verabschieden. Der Nussknacker von Aldi ist sehr beliebt in der Sippe, sehnsüchtig warten sie jeden Sommer auf dieses Geschenk, damit allein geben sie sich aber nicht zufrieden. Vieles, was sie im Fernsehen sehen, wollen sie von uns haben: Wasserkocher, Mikrowelle, Schnellkochtopf … Sachen, die ich selbst nicht besitze. Aber wie schon gesagt, um die gebrochenen Knochen kümmert sich keiner, alle glauben, die Fatma pflückt die deutsche Mark wie Birnen von den Bäumen.

Und mein Dickkopf, dein Papa, kommt nicht einmal auf die Idee zu sagen *komm, Weib, du hast das ganze Jahr durchgearbeitet, ich fahre dich mal zum Meer.* Einige Male sind wir nach Pamukkale gefahren, natürlich wieder mit Schwiegereltern, Tanten und Onkel. *Güçyeter Tourismus! Bevor die umkippen, sollen sie in die Welt hinausblicken* meint dein mitfühlender Papa. Wenn ich nicht mit im Spiel bin, kann er auch mal mitfühlend sein. Und Fatma darf wieder am Gaskocher stehen, was soll's! Zurück in Deutschland, erzähle ich den Kolleginnen, wie wunderbar und erholsam die Reise war. Es reicht, wenn das Leben dich kleinmacht, eine Lüge ins Gegenteil kann manchmal helfen, und auf Mitleid kann ich verzichten. Scherz beiseite, die zwei Zimmer, die ich und Tante Güley nach unserer Hochzeit beziehen durften, füllen wir mit verpackten Schätzen von AMC, BOSCH, SIEMENS. Die Aussteuer der unvollendeten Träume türmt sich von Jahr zu Jahr höher. Noch hat unser Leid seine Mission nicht erfüllt, aber der Tag wird auch kommen und wir werden die Königinnen dieses Lebens sein, erst dann darf alles ausgepackt werden. Ein Spruch meiner Mutter findet in diesem Fall seine wahre Bedeutung: *Der Mensch ist dumm, merkt gar nicht, was alles bei ihm in den Arsch rein- und rausrutscht.* Wir merken es auch nicht, wir merken nicht, wie die Jahre vergehen. Aus unerfüllten Träumen schnipseln wir Konfetti und lassen diese auf uns herunterfallen.

Um mich aufzubauen, spreche ich manchmal in den Spiegel: *Ich bin Fatma, die Gastarbeiterin. Dieses Land, dessen Sprache mir als Zungenbrecher geblieben ist, lernte ich auch zu lieben. Und egal wie leichtsinnig, wie grob er mit mir umgegangen ist, auch meinen Mann habe ich geliebt, hab ihn wie mein drittes Kind in Schutz genommen.*

Wo waren wir verloren gegangen, Mutter? / Dinçer

Das Jahr 1987, ich war in der zweiten Klasse, acht Jahre alt. Die erste Klasse musste ich wiederholen, mein Deutsch reichte nicht aus, Deutsch spielte noch die Rolle einer Fremdsprache in meinem Leben. Du lagst schon wieder im Krankenhaus, in Süchteln, mitten im Wald. Das war nicht weit weg von unserem Haus, aber den Hügel mit dem Fahrrad hochzufahren, ließ mir den Schweiß ordentlich vom Rücken in die Poritze laufen. *Tuberkulose* sagten die Ärzte. Zwischen uns befand sich immer diese Glasscheibe, wie ein Dämon aus einem bösen Traum. Nach der Schule flitzte ich nach Hause, die Oma stand schon längst am Herd, ich holte Plastikbehälter aus dem Schrank, die wurden gefüllt, eingetütet, die Oma machte mit den Griffen ihren festen Oma-Knoten, so konnten sich die Behälter auf dem Gepäckträger nicht bewegen. Wieder auf dem Fahrrad, fuhr ich am See, an den Feldern, an Kühen und Ponys vorbei.

Kurz vor dem Hügel schaltete ich den Gang runter und versuchte, die Pedale schneller zu treten. Atemlos und mit hämmerndem Herzen kam ich oben an, halb kaputt, halb stolz. Die restliche Strecke fuhr das Fahrrad von alleine. Ich nahm meine Hände vom Lenker, breitete die Arme aus wie der Falke am Himmel seine Flügel. *Da bist du ja schon wieder, was hast du denn heute Leckeres für Mutti mitgebracht* grüßte mich die Frau unten am Empfang. Ich zählte alles auf, was in der Tüte war. *Prima, so ein guter Sohn!* Ich nahm den Aufzug, fuhr damit auf die Station 3. Alle Krankenschwestern und Pfleger lächelten mich an, ich wurde so ein kleines Maskottchen, gab die Tüte einer Krankenschwester in die Hand und lief durch die gesamte Station, um auf den Balkon zu kommen, zwischen uns das

Glas, dieser Dämon. Der Augenkontakt mit dir, dieses Schmunzeln mit gesenktem Blick heiterten mich ein wenig auf. Auch wenn du nicht zu Hause bei uns warst, zu wissen, dass man eine Mutter hatte, war schon viel wert. Mit Händen und Füßen versuchte ich, dir alles zu erzählen, alles, was in den letzten Stunden passiert war. Es war wirklich nicht viel passiert. Özgür ging in den Kindergarten, Oma stand am Herd, sie stand in der Nacht auf, warf die Decken wieder über uns, die immer auf den Boden rutschten *ich hab es satt, habt ihr Hummeln im Hintern* klatschte uns fest auf die Pobacken und legte sich knurrend wieder hin. Mit einem weiteren Schmunzeln sagten wir uns tschüss. Das nächste Ziel war der kleine Vogelpark in Breyell. Während meiner Schulzeit war ich ein Einzelgänger, ein Treffen nach der Schule mit Kameraden gab es nicht. Während viele Kinder die Nachmittage auf den Spielplätzen verbrachten, bildete ich mir ein, ohne meinen Einsatz in der Familie würde die Welt untergehen. Aber im Vogelpark hatte ich doch einen Freund, der mir sehr viel bedeutete: den Pfau. Ich lehnte mein Fahrrad an die Wand und setzte mich auf die Holzbank vor dem Käfig. Er sah mich und bahnte sich langsamen Schrittes einen Weg durch hunderte von Rebhühnern, Fasanen, Küken bis zum Drahtgitter. Das war der zweite Augenkontakt am Tag, der meinen Blutkreislauf beschleunigte. Viel Zeit hatte ich nicht. Ich erzählte dem Pfau, was in den letzten 24 Stunden passiert war, viel war es nicht, aber ausschmücken konnte ich es immer gut. Ich fragte ihn um Rat, wie ich damit umgehen könnte, falls du uns für immer verlassen würdest. Würde Papa dann eine andere Frau heiraten? Wie würde sie mit uns umgehen? Okay, ich könnte mich noch schützen, weggehen, ein wenig Lebenserfahrung hatte ich ja, aber was würde mit Özgür geschehen? Würde ich dann meine He-Man-Figuren und das große Schloss mitnehmen oder alles meinem Bruder überlassen? Auf jede Frage antwortete er mit einer Bewegung, die ich dann als die richtige Antwort interpretierte. So nach dem Motto *mach dir keine Sorgen, Dinçer, alles wird wieder gut!* Zum Abschied spreizte er seine majestätischen Federn, ich verbeugte mich vor ihm wie ein Schauspieler nach einer Vorstellung und fuhr nach Hause, um die Hausaufgaben zu erledigen. Ein Haus ohne Mutter hat keine Fensterscheiben und Türen, auch wenn es noch den Vater und die Oma gibt, die dich behüten. Du stehst im Durchzug. Bambi lief im Fernsehen, es wurde auch mein Freund. Im selben Jahr, kurz vor den Sommerferien, fuhr ich zum Vogelpark. Der Pfau war nicht zu sehen. Auch in den nächsten Tagen nicht, jedes Mal erlebte ich die gleiche Enttäuschung. Nach ein paar Wochen gab ich auf. Er konnte ja nicht weggeflogen sein. Bambi hatte seine Mutter verloren, ich meinen besten Freund und die Mutter. Mit einer Tüte Chips im Schoß weinte ich hemmungslos für uns und um uns. Wo waren wir verloren gegangen und wo werden wir uns wiederfinden, Mutter?

Abendgebet und Bordellwäsche / Fatma

Dein Onkel Mustafa, er ist lieb und nett, doch seine Schwäche gegenüber Frauen wird für uns alle ein Problem. 1991 eröffnet er mit einem anderen Nichtsnutz eine Bar im Nachbardorf Bracht. Die Deutschen sind ein vornehmes Volk, die sagen nicht Bordell, sie sagen Bar. Für mich und Tante Güley ist es der Weltuntergang. Jetzt landen wir automatisch in der Hölle, es wird keine Rettung mehr geben. An den Wochenenden schleppt er zwei Müllsäcke mit dreckigen Handtüchern mit nach Hause. Nach dem Abendgebet kommt alles in die Waschmaschine. Ich schimpfe und klage, wünsche ihn zum Teufel. Aber in schweren Zeiten steht er immer an meiner Seite, ich will ihm nicht das Herz brechen. *Lieber Gott, bringe ihn zur Vernunft* bete ich jeden Abend.

Das Etablissement der Unschuld / Dinçer

Es war das Jahr 1991 oder 1992. Der Bauer Willi gab mir meinen vorerst letzten Wochenlohn und sagte, dass es jetzt auch mit der Porreezeit vorbei sei und wir uns erst nächsten April wiedersehen könnten. Um die 150 Mark zählte er mir auf die Hand. Auf dem Weg nach Hause fuhr ich zuerst zum türkischen Lebensmittelhändler, der Musikkassetten zum Verkauf im Regal stehen hatte. Die neue Kassette von Sezen Aksu war endlich auf dem Markt. Ich war verliebt in diese Sängerin, die damals mit ihrem Song Hadı Bakalım die Discos in Deutschland stürmte. Ich selber war noch nie in so einem Laden gewesen, hatte von älteren Cousins nur davon gehört. Ich eilte nach Hause. Alle saßen schon beim Abendbrot, ich füllte meinen Teller und zog mich zurück in unser Zimmer. Ich, Özgür und Oma hatten zusammen ein Zimmer. Bevor das erste Lied endete, kam Onkel Mustafa herein, ich konnte an seinem Gesichtsausdruck erkennen, dass er etwas von mir wollte. *Du hast ja mitbekommen, dass ich einen neuen Laden habe, zusammen mit Niyazi. Normalerweise darf man den Laden erst ab 18 Jahren betreten, aber was hältst du davon, mit mir jeden Samstagmorgen mitzufahren und beim Aufräumen zu helfen, ich gebe dir eine Mark mehr als der Bauer Willi. Du brauchst nur die Betten und das Geschirr zu erledigen.* Das war eine tolle Idee, aber ich wusste nicht, wie ich es dir sagen sollte. Ein kleiner Job am Wochenende, dann wäre ich auch bis zum kommenden Frühling finanziell unabhängig. *Willst du es meinen Eltern sagen oder soll ich es?* Ehrlich gesagt, hatte ich nicht vor Papa, sondern vor dir ein bisschen Schiss. Ich hatte mitbekommen, dass im Laden viele Prostituierte arbeiteten und dass der Laden Schande über unsere ganze Familie gebracht hätte. Es kam mehrmals zu Streitereien zwischen Onkel und Tante, du oder Vater, einer von euch musste immer eingreifen und die beiden trennen. *Wenn du es klären kannst … In Ordnung, Onkel, ich gebe dir morgen Bescheid, lässt du mich bitte jetzt allein, ich hab eine neue Kassette.* Dem Onkel war meine Obsession bekannt. Er flog immer zwischen Weihnachten und Neujahr in die Türkei und bekam von mir eine Liste mit 10 bis 15 Kassettentiteln. Die Wünsche von anderen nahm er nicht so ernst, meine Kassetten aber waren immer in seiner Reisetasche, wenn er zurückkam. Weiter mit Sezen Aksu! Entweder soll man mich lieben oder töten … das dritte Lied auf dem Album, ein vertontes Gedicht von Gülten Akın. Ich verliebe mich in diese Zeile, notiere sie in mein Heft. Der nächste Schritt war, diese Zeilen ein wenig umzuformulieren und zu glauben, dass es mein Werk sei. Bis man seine eigene Sprache findet, kann es Jahre dauern. Manchmal kann aber auch ein ganzes Leben zu kurz dafür sein.

Am nächsten Tag finde ich dich in der Küche an der Spüle. Langsam stelle ich meine Schultasche ab und setze mich auf den Stuhl hinter dir. *Mutter, ich will dir was sagen, aber versprich mir, dass du nicht mit mir schimpfen wirst, einverstanden?* Du drehst dich um, und ohne auf deine Antwort zu warten, lege ich los. *Gestern Abend hat Onkel Mustafa mir den Vorschlag gemacht, jeden Samstagmorgen in seinem Laden auszuhelfen, er würde mir auch eine Mark mehr als Willi zahlen.* Deine Blicke sagen schon alles, ich habe verkackt! *Wenn du nochmal ein Wort darüber verlierst, breche ich dir den Hintern, dann kannst du arbeiten, wo du willst.* Das war's! Ich nehme meine Schultasche und gehe ins Wohnzimmer, da steht der einzige Tisch im Haus, an dem ich meine Hausaufgaben erledigen kann. Du erzählst die Sache dem Vater, und ich weiß nicht wie, aber er schafft es, dich dann doch zu überreden. Als ich meine Schulsachen gerade wieder einpacke, kommt er zu mir und sagt, dass ihr einverstanden seid, ich könne mit dem Onkel fahren. *Juhuuuuuu!* Ich darf am kommenden Samstag mit ins Bordell. Damals konnte ich nicht wissen, dass dieses Etablissement meine erste Schreibakademie werden würde.

Samstagmorgen um 5 Uhr bin ich auf den Beinen. Onkel Mustafa kommt, wir setzen uns in seinen Jetta, den er für 50 Mark von einem Schrotthändler erstanden hat. Nach 20 Minuten Fahrt parken wir vor einem Gebäude, dessen Fenster mit roten Folien abgeklebt sind, interessant! Wir nehmen den Nebeneingang. Schon beim Betreten des Vorraums wird mir schwindelig, ein ganz penetranter, süßlicher Geruch schlägt mir entgegen. Der Raum ist mit allem möglichen Kitsch dekoriert, auf der Bartheke stehen hunderte dreckige Gläser, das ist mir ja nicht fremd, damit beginne ich. Nach den Gläsern leere ich die Aschenbecher, lege die Kissen in der Sitzecke wieder zurecht. Über dem Fernseher hängen ein paar Regale, da will ich auch ein wenig Ordnung hineinbringen, die VHS-Kassetten nach Titeln sortieren, so wie ich es zu Hause mit meinen Musikkassetten mache. Ein Gefühl aus Ekel und Neugier, durchfährt mich. Auf dem ersten Cover stecken drei Männer ihre Schwänze in drei Löcher der Frau, auf dem zweiten liegt eine Frau auf einer Kutsche und mehrere Männer spritzen auf sie ab. Die Titel deuten auf ein neues Literaturgenre hin: Arielle, die Nicht-mehr-Jungfrau, Bambi im Land der geilen Böcke, in 80 Tagen durch das Hinterfeld … Ich kenne zwar schon Tutti Frutti, aber das hier ist ein anderer Kosmos. Vor Onkel Mustafa hätte ich zwar keine Hemmungen, aber jetzt in seiner Anwesenheit einen dieser Filme abzuspielen, das würde ich nicht schaffen. Ich rufe nach ihm und frage, wo die Betten sind. Er geht wieder in den Getränkeraum, kommt mit einer Rolle blauer Säcke an. Ich solle die Treppen hinter dieser Tür hinaufsteigen, da seien die Zimmer, alle Handtücher in einen Sack, die Bettlaken in einen anderen stecken, den Müll auf dem Boden und in den Mülleimern separat in einen dritten. Die Treppe dreht sich wie eine Spirale nach oben. In der langen Diele führen neun Türen zu acht Zimmern und einem Waschraum. Das Abziehen der Betten und das Leeren der Mülleimer geht ganz schnell. Der zweite Durchgang ist interessanter. Überall neben und unter den Betten liegen gebrauchte Kondome, Slips, Taschentücher, die nach Fisch und Eiweiß riechen. Ich nehme mir ein frisches Handtuch aus dem Waschraum und wickelte es um die Hand, so vermeide ich die direkte Berührung. Auf einer Kommode sehe ich eine Gummibanane mit einer Eichel. *Die Neugier gebar den Teufel* sagte meine Oma, Unrecht hat sie nicht. Ich drücke auf den Kopf, die Banane fängt an, wie ein Wecker zu vibrieren. *Was ist das!* Als ich auch mit dem Staubsaugen fertig bin, kommt Onkel Mustafa nach oben, fragt mich, ob alles in Ordnung sei. *Ja, wir können fahren.* Auf dem Rückweg verspricht er mir 50 Mark, das ist eine Menge Geld, ich solle aber bitte ein paar Tage warten, der Laden hätte noch Schulden. Sobald das Konto wieder gefüllt sei, würde er mir das Geld geben.

In den kommenden Wochen fahre ich noch mehrere Male mit ihm mit, erledige die Arbeit ganz professionell und frage nicht mehr nach dem Geld. Die neuen Entdeckungen in diesem Laden bereichern meine Fantasie, ich bin nun auf einem anderen Level der Welt. Du erinnerst dich, nach ein paar Monaten kommt das Ordnungsamt und stellt fest, dass hier Frauen ohne Arbeitserlaubnis arbeiten. Auf das sowieso schon überzogene Konto kommt jetzt auch noch ein dickes Verwarnungsgeld drauf, der Laden muss geschlossen werden. Mein Verdienst ist der Eintritt in eine neue Welt, eine neue Welt mit sehr viel Synthetik und Gummi.

Es brennt / Fatma

Ich bin jetzt ein wenig verwirrt, wo waren wir stehengeblieben? In den Achtzigern?
Mutter, erzähl einfach, bitte …

Aus der Türkei kommen beunruhigende Nachrichten, überall brennt es, junge Menschen werden hingerichtet, die Zellen sind voll mit politisch Verfolgten. Die Sendezeit des türkischen Programms im WDR ist zu kurz für alle Details. *Militärputsch* sagt Yılmaz. Der Putsch hat das Volk in der Türkei gespalten. Die Soldaten stecken tausende Unschuldige ins Gefängnis, neue Folterkammern werden errichtet. In Briefen lesen wir die Wahrheit, viele Verhaftete kommen nicht mehr nach Hause. *Durch einen Unfall oder Sturz vom Bett ist ihr Sohn, ihre Tochter gestorben* schreiben die Behörden an die Eltern. Aber alle wissen, dass beim Verhör tödliche Methoden angewandt werden. Einige haben Glück, die werden mit einem körperlichen Schaden entlassen. Dein Opa ist linksorientiert, deshalb darf er seine Ernte auf dem Getreidemarkt nicht anbieten, und wenn, nur unter Marktwert an die Großhändler, so schreibt er in einem Brief.

Ein neuer Flüchtlingsstrom mündet in Deutschland. Künstlerinnen und Künstler, Schriftstellerinnen und Schriftsteller, Menschen, die sich gegen das Regime stellen. Ich weiß nicht, was links oder rechts bedeutet, Dinçer. Der Gott hat uns allen ein befristetes Leben geschenkt, was soll das Ganze? Dein Papa räumt die beiden Getränkelager der Kneipe auf, legt Matratzen rein, ich gehe zur Caritas und schleppe einen Sack voll Bettwäsche, Handtücher nach Hause. Viele, die wir aufnehmen, sind orientierungslos, verloren. Oft sind sie nicht in der Lage, das Geschirr in die Spüle zu legen. Ehrlich gesagt, auf Dauer wird es zu viel, mich macht das Ganze wütend. Natürlich ist Güte was Gutes, aber mehr Zeit und Kraft habe ich auch nicht. Trotz allem schaffe ich es, auch für diese Menschen zu kochen, ihre Wäsche zu waschen. Unter ihnen ist ein Sänger mit Schnauzer und Pferdeschwanz, er trägt einen Hut und eine dicke Brille, Cem Karaca nennt man ihn. Ich halte von seinen Liedern nichts, er brüllt wie der Esel im Hof. Jede Menge Musikkassetten hat er in seinem Koffer mitgebracht. Yılmaz und er fahren von einer Kneipe in die andere und verkaufen seine Kassetten. Alle Einnahmen bekommt er, ich zahle das Benzin für das Auto, übernehme die Theke in der Kneipe, und er kommt nicht einmal auf die Idee, zwanzig Mark auf den Tisch zu legen. Alle klagen über das Unrecht in der Türkei, doch wenn es um das eigene Geld geht, sind alle die gleichen Geier.

Eines Morgens will ich die Kneipe kehren. Binde meine Schürze und beginne mit den Aschenbechern. Auf der Thekenablage finde ich seinen Hut und einen Brief mit zittriger Schrift. *Ich danke für alles* steht auf dem Papier. Keine Ahnung, wie er es geschafft hat, aber er ist nach Köln gefahren. Ich nehme seinen Hut und werfe ihn in den Mülleimer. Was soll ich mit dem abgetragenen Hut eines fremden Mannes? Einige Jahre später sehe ich ihn auf dem Bildschirm ein Lied brüllen *schwer hab ich mein Wasser verdient, geteilt hab ich mein Brot mit allen …* ich traue meinen Ohren nicht, so ein Hochstapler, ohne deine Mutter wäre er bestimmt längst verreckt. *Nichts hast du geteilt, nichts* schreie ich den Bildschirm an!

Der Mensch, das ewig blutende Fleisch /
Dinçer und Fatma

Papa sagte nach jedem Sommer *vor dem nächsten Sommer kaufen wir uns einen vernünftigen Bus!* Was natürlich nie passierte. Entweder war wieder das Geld knapp oder man hatte ihm wieder was *Ordentliches* untergejubelt. Weißt du noch, die Geschichte in Rumänien, Mutter? Willst du sie erzählen?

Nein, erzähl du sie, ich muss hier die Aşure rühren.*

Es war die Zeit, in der der Krieg in Jugoslawien ausbrach. Papa hatte sich vom ADAC eine neue Route, die über Ungarn und Rumänien führte, ausdrucken lassen. Für 3000 Mark hatte er einen neuen Bus besorgt, wie jedes Jahr wurde er nach dem letzten Schultag mit allen möglichen Kartons und Säcken befüllt. Die ersten 1400 Kilometer wiederholte Papa alle zehn Minuten den Satz *er lässt sich gut fahren, dieses Mal haben wir Glück, das war ein guter Deal mit Osman.* Und jedes Mal unterbrachst du ihn *hayde, bismillah, dein Wort in Gottes Ohr …* In Rumänien, kurz vor der bulgarischen Grenze, hatte sich Gott wohl schlafen gelegt, denn unter der Motorhaube fing es ordentlich zu dampfen an. Papa fuhr den Bus zur Seite. Als ob er Ahnung haben würde, wollte er nach der Ursache suchen.

**Aşure: Jedes Jahr im August wurde ein großer 20-Liter-Topf auf den Herd gestellt. Über 12 Zutaten aus Früchten, Getreide, Nussorten, … wurden einen Tag vorher für Aşure (arab. Aschara) geschält, eingeweicht. Aşure kommt aus der alevitischen Tradition und ist eine süße dicke Suppe. Dazu gibt es heute viele Berichte, angeblich soll sie an Noah erinnern, der nach der Sintflut aus seinen letzten Vorräten diese Suppe zubereitet hat. Der Glaube meiner Mutter war: Ein Haus, wo Aşure gekocht wird, ist immer gesegnet und geschützt. Die fertige Aşure kam in den Ketchup-Eimer. Mutter gab mir eine Suppenkelle in die Hand. Über 30 Portionen verteilte ich an Nachbarn, Verwandte und Bekannte.*

Ein LKW parkte hinter uns, der Fahrer stieg aus, warf nur einen kurzen Blick auf unser Problem und wusste gleich, woran es lag. *Damit könnt ihr unmöglich weiterfahren, im Motorblock ist ein großer Riss. Ich kann dich zu der nächsten Raststätte fahren, da gibt es bestimmt LKW-Fahrer aus der Türkei, die euch weiterhelfen können.* Ich und Papa stiegen in den LKW, ihr bliebt zu sechst zurück. Nach 20 Minuten waren wir in der Raststätte, alle sagten das Gleiche. Auch wenn der Riss geschweißt würde, hätte es keinen Sinn. Der Zylinderkopf und alle Dichtungen hätten bestimmt auch einen Schaden. Die einzige Möglichkeit wäre, den Bus in einen LKW zu verfrachten und so bis in die zu Türkei fahren. Ein LKW-Fahrer aus Izmir machte ein Angebot, für 1000 Mark würde er das übernehmen, was blieb uns übrig, Papa war einverstanden. Als wir wieder bei euch waren, war unser Bus von fremden Menschen umzingelt, *Zigeuner* sagte der LKW-Fahrer. Er nahm den Stock hinter seinem Sitz hervor und scheuchte die Menschen weg. Er ließ die Hebebühne runter, wir sollten den Bus darauf rollen, und schon stand er im LKW. Jetzt waren wir dran, ich, du, Özgür, Iskender, Hasan, Tante Güley und Oma gingen auf die Hebebühne, dann in den Bus, den der Fahrer vorne und hinten mit gürtelähnlichen Seilen befestigte. *Dass ich noch solche Tage erleben muss, ich werde lebendig in die Hölle gestoßen* stöhnte Oma. Durch einen Spalt über der Hebebühne kam ein wenig Licht rein. Der LKW-Fahrer fuhr alle vier, fünf Stunden eine Raststätte an, damit wir unsere Geschäfte erledigen konnten. Für uns Jungs gab es die Möglichkeit, in eine leere Flasche zu pinkeln. Nach zwei Tagen stand der LKW im Dorf, im Hof der Großeltern. Der Fahrer aß mit uns noch zu Abend und fuhr dann nach Izmir. *Keiner darf es erfahren, es ist zu peinlich, Kinder, wehe! Wenn ihr ein Wort darüber verliert, reiße ich euch die Köpfe ab!* Auch wenn wir diese Reise lustig fanden, sprach keiner darüber.

Und ein Jahr später sind wir wieder über Jugoslawien gefahren, Mutter, stimmt's?

Ja, das war das Jahr 1994.

Es hieß nicht mehr Jugoslawien, das ganze Land wurde aufgeteilt. Die Strecke war um die 900 Kilometer lang.

Ich kann mich nicht mehr erinnern, kann aber gut sein. Holst du mir die Mandeln und die Rosinen, die können wir jetzt auch in die Aşure reinschütten.

Auch diese Fahrt werde ich nie vergessen. In nur drei Jahren war alles zerstört worden. Die Autobahn, die Fassaden, aufgerissene Gebäude. Weißt du noch, kurz vor Zagreb bekam Papa Magenkrämpfe, er konnte nicht mehr und fuhr zu einer Raststätte. In Österreich hatte er ein halbes Hähnchen gegessen. Du hattest ihm noch gesagt, er solle vorsichtig sein, der Geruch gefiel dir nicht. In der Raststätte gab es einen halbeingestürzten Laden, da sind wir beide reingelaufen. *Milch, zwei, drei Liter Milch* hast du dem Mann gesagt, er las aus deinem Gesicht, dass die Milch wichtig für dich war. Er stellte vier Packungen Milch auf den Kassentisch und wollte 50 Mark dafür haben, du hast nicht diskutiert, gabst ihm die 50 Mark. Als wir wieder am Bus waren, lag Papa bewusstlos auf dem Boden, das Gesicht kreidebleich. *Wo seid ihr geblieben, Yılmaz ist gestorben!* rief Oma, die Hände auf die Schenkel schlagend. *Öffne du die Milch, Dinçer. In der Mittelkonsole liegt ein Messer unter der Landkarte.* Da lag das Schweizer Victorinox-Taschenmesser, auf das Papa immer so stolz war. Ich öffnete die Verpackungen, du hast die Milch einfach in seinen Mund gekippt. *Mutter, du erstickst ihn* rief ich. *Nein, mach du dir keine Sorgen. Zwei reichen, leg die anderen beiden in die Kühlbox!* Danach hast du ihm den Bauch massiert. *Er hat jetzt einen Schweißausbruch, das ist gut, wir müssen ihn auf den Rasen tragen.* Iskender, Hasan und wir beide haben Papa auf den Rasen getragen. *Auf den Bauch, auf den Bauch …* Papa öffnete die Augen, er kam langsam wieder zu sich, dann erbrach er alles. *Gott, du Allmächtiger, danke* riefst du erleichtert. Ich sah, dass seine Hose hinten auch nass war. *Iskender, hole du das ganze Wasser aus dem Auto und die Tasche mit Ersatzklamotten! Dinçer, gleich tragen wir ihn hinter das Gebüsch.* Iskender holte die Wasserkanister und die Tasche, wir trugen Papa dahin, wo du es wolltest. *Yılmaz, halte dich fest an den Jungs!* An einem Arm ich, an dem anderen Arm Iskender, so stützten wir Papa. Du zogst ihn aus, wuschst ihm den gesamten Körper, zogst ihm neue Unterwäsche an. *Das war's, jetzt bringen wir ihn wieder in den Bus, die Nacht verbringen wir hier.* Vor dem Bus, auf einer Decke hatte Oma schon mit der Trauerfeier angefangen, sprach Suren und verabschiedete sich im Geiste von ihrem Schwiegersohn. *Was, er lebt noch* murmelte sie ungläubig. Alle gemeinsam trugen wir den Papa auf den Hintersitz. *Wir warten bis morgen früh, Dinçer, bringe du den Gaskocher und die Teekanne aus dem Bus, Iskender, du die Decke, Hasan, hier, nimm das Geld und hole Wasser aus dem Laden. Wenn der Gottlose mich sieht, will er bestimmt wieder das Zehnfache.* Nach zwanzig Minuten saßen wir alle auf dem Rasen, der Tee kochte auf dem Gaskocher. Die Nacht haben wir an dieser Raststätte verbracht, und in dieser Nacht sah ich zum ersten Mal, auch wenn nur ansatzweise, was ein Krieg für Folgen haben kann:

An jeder Ecke standen Männer mit sehr jungen, übertrieben geschminkten Mädchen. Die LKW-Fahrer begannen zuerst ein Gespräch mit den Männern, sie einigten sich auf eine Summe. Die Fahrer gaben ihnen die vereinbarte Summe und gingen mit den jungen Mädchen zurück in ihre LKWs. Nach 20 bis 30 Minuten stiegen diese Mädchen wieder aus den LKWs und gingen müde zu den Männern, die auf sie warteten, holten ihre Spiegel, schminkten das Gesicht nach, und das ganze Spiel begann von vorne. Frauen kamen auf uns zu mit ihren barfüßigen Kindern, bettelten um Geld. Männer kamen mit gebrauchten Radios, Fernsehern und boten diese für einen Schleuderpreis an. Innerhalb von drei Jahren hatte sich dort alles verändert. Papa hatte in Österreich vollgetankt, die Benzinkanister gefüllt. Der ADAC hatte gewarnt, dass man hier lieber nicht tanken sollte, statt Benzin käme Wasser aus der Zapfpistole. Eine verwüstete Menschenlandschaft bildete sich vor uns. Jahre später haben wir auch von Massengräbern erfahren, von vergewaltigten Frauen, Kindern, Organ-Mafia, von Morden und Ausplünderungen. Auch wenn die deutsche Presse zögerlich bei diesem Thema war, begingen die NATO-Soldaten, die damals als Befreier des Kriegsgebietes gefeiert wurden, ebenfalls Verbrechen.

Wie du immer sagst, Mutter: *Der Mensch, das ewig blutende, rohe Fleisch …*

Ja, Dinçer, du darfst niemals glauben, dass diese schrecklichen Bilder Geschichte sind. Der menschliche Verstand wird wie sein Körper immer roh bleiben, und so lange ist diese Welt kein sicherer Platz für den Menschen.

Ghetto Blues / Das Lied von Fatma

In den Sommerferien fuhren wir gemeinsam vom Dorf in die Stadt zu einem alten Haus, das du vor meiner Geburt von einem Architekten gekauft hattest. Es war mehr eine Bruchbude als ein Haus. Alle Installationen waren notdürftig geflickt, einen Keller gab es nicht, es sah einfach *so hingestellt* aus. *Was wollen wir schon wieder hier* protestierten Özgür und ich. Während die Mieterin den Tee kochte, versammelte sich die gesamte Nachbarschaft vor der Tür, um uns zu begrüßen. Du hattest für jeden eine kleine Tüte vorbereitet. Nur die alleinlebende Nachbarin, sie hieß auch Fatma, kam nicht. Für sie hattest du eine Tafel Schokolade, einen Deo-Roller und ein Aldi-Parfüm in der Tüte. Gemeinsam gingen wir zu ihr und klopften an ihre Tür. Zuerst öffnete sie die Tür nur fingerbreit, und als sie sah, dass du da standst, kam sie heraus und umarmte dich. Im Vergleich zu anderen Frauen sah sie noch sehr jung aus, war immer gepflegt, trug ihr langes schwarzes Haar zusammengebunden im Nacken, befestigt mit einer Haarklammer. Wir gingen für fünf Minuten in ihre Wohnung, und während ihr beide über die *Einsamkeit einer Frau* spracht, bewunderte ich die farbigen Haarklammern auf ihrem Spiegeltisch. Aus deinen Gesprächen mit Papa erfuhr ich, dass ihr Mann bei einem Arbeitsunfall auf einer Baustelle gestorben war, sie seitdem als Putzfrau arbeitete. Auch hier änderte sich die Regel nicht: Sie war jung, sie war schön, eine Frau, nie würde sie mit Ehre ihr Geld verdienen können und wurde schnell als Schmutzfleck abgestempelt. Andere Frauen saßen Tag und Nacht auf Balkonen, züchteten zwischen ihren Pobacken Würmer, waren auf das Geld ihrer Männer angewiesen, und wenn Fatma ihr eigenes Geld verdiente, konnte sie natürlich nur eine Schlampe sein. Was anderes kannten diese Frauen nicht, denn man hatte es ihnen immer nur so gesagt.

In Erinnerung an die Gespräche über Fatma zwischen dir und Vater zeige ich in meiner kleinen Geschichte keine arme, einsame Frau, sondern eine Marilyn Monroe oder eine Elizabeth Taylor: *Wenn sie über die Straße ging, bebte die Erde. Unter ihrer dünnen Bluse blühte ein Rosengarten, und die Sonne musste erst auf sie warten, um das Licht auf Gesichter scheinen zu lassen. Im Vorgarten hing ihre frische Wäsche mit Lavendelduft. Wenn sie den Weizen vom Stein trennte, standen junge Männer verborgen ums Eck, mit Zigaretten im Mund, die ihre Schicksale erwürgten. Fatmas Augenbrauen spielten wie Geigensaiten eine Melodie für die gerade erst ausgebrochenen Stoppeln. Ihre Geschichte verbarg eine blutende Liebe, die sie seit Jahren unter ihrer Seidenhaut trug, ihre Lieder hörte man aus dem Radio in der Nacht. Zwischen den Gardinen sah man sie tanzend vor dem Spiegel, in einer Hand das Anisglas, in der anderen die Scherben einer verlorenen Verbundenheit.*

Was passiert ist, wer die Vereinigung gebrochen hat, weiß heute keiner. Vielleicht schrubbt sie deshalb jeden Tag den Balkon mit Seifenwasser, um die gelben Flecken der Zeit vom Leben zu wischen. Sie wusste bestimmt, das Herz wird brennen für alle Ewigkeit, wie das blasse Blau des Eimers, wie die Tauben auf den Telefondrähten, wie die Post zwischen den Fenstergittern.

Jeder wird beraubt, jeder Traum wird Legende, jede Nacht ein Schmerz unterm Verband, jedes Auge wird blass hinter topfreifen Lauchzwiebeln, jedes Leben, das sich nackt zeigt, wird geschnitten, keiner weiß, welcher Trost ihr geblieben ist, wenn junge Männer sich ums Eck versammeln, wird sie immer ihre dünnen Blusen auf die Leine hängen. Die Ecke ist erst gegen Nacht wieder unbewohnt, zurück bleiben die Scherben.

Das zwanzigste Jahrhundert brennt / Fatma

Jetzt sind wir schon im Jahr 1993. Was für ein Jahr ... Mustafa hat einen Herzinfarkt, er bekommt eine Herzklappe von einem Schwein verpasst. Das Haus ist traurig, die Welt auch. Der Mai kommt, Solingen brennt, Menschen brennen, die verdammten Nazis verbrennen Menschen bei lebendigem Leib. *Wir alle müssen vorsichtiger sein* sagt Yılmaz im Beisein der Kinder, die Kinder zittern. *Nein, alles wird gut* unterbreche ich, um die Kinder zu beruhigen. Ich kann in den folgenden Nächten nicht schlafen. Auf der Fensterbank findet sich ein gestorbener Spatz, und alle im Haus werden unruhig. Nach einem Tag zeigt Yılmaz mir den toten Vogel. *Es sind die Nazis* sage ich zu Yılmaz, *nein* antwortet er *es ist die Angst* ... Das ist also die Gegenleistung für die Arbeit, für all die Schichten, für all die Müdigkeit ... die Angst ...

Zwei Monate später brennt Sivas in der Osttürkei. Ich, die kaum Zeit für mich hatte, habe niemanden ausgegrenzt. Huren, Zuhälter, Deutsche, Türken, Kurden ... Für jeden gab es ein Gästebett in meinem Haus. Doch die Welt tickt anders, Ausgrenzen, Abstempeln, Verbrennen gehören wohl zu den Regeln dieser Ordnung. Dem Schöpfer zuliebe sollte man doch mehr lieben, oder ... Mittlerweile gibt es Fernsehsatelliten in Deutschland. Yılmaz kauft davon einen und lässt ihn auf das Dach montieren. Zweitausend Mark. *Wer soll das bezahlen* frage ich. *Keine Sorge* sagt Yılmaz *die Raten sind günstig, es ist eine wichtige Investition für die Kneipe.* Wir investieren seit dreißig Jahren, keiner weiß wofür, aber wir investieren, Hosentasche leer, Arsch offen. Der Bildschirm brennt, Solingen, Sivas brennen. Die Welt schaut in einen Albtraum, riesige Wälder verbrennen zu Asche.

Kurz danach, im Winter 1994, finde ich deinen Papa auf dem Boden, sein Gesicht ist rot angelaufen, er kriegt kaum noch Luft. *Ruft den Krankenwagen* schreie ich. Du tust, was ich sage, der Krankenwagen kommt. Die Männer schleppen ihn auf eine Liege, nehmen ihn mit. Ich fahre hinterher und finde ihn bewusstlos auf der Intensivstation liegen, angeschlossen an eine brummende Maschine. Beim Atmen wölbt sich sein Bauch bis zur Decke. Die Kneipe bleibt geschlossen. Die, die noch offene Rechnungen haben, lassen sich natürlich nicht blicken. Das Finanzamt schickt Mahnungen, der Getränkelieferant und der Eigentümer auch. Nehme dich an meine Seite, zusammen gehen wir die Liste der Männer durch, die uns noch was schulden, klingeln bei ihnen, viele lehnen es ab, sehen uns an wie arme Bettler. Einige vertrösten uns auf den kommenden Monat. Jeder hat einen Grund, das Geld nicht zu zahlen.

DJ Dinco legt in der ELIF-Disco auf

Tannhäuser · Grace Bumbry

Naht euch dem Strande! Sirenen
Naht euch dem Lande,
wo in den Armen
glühender Liebe
selig erwarmen
still eure Triebe!

Hier wirst du vom Wind zerstreut, vom Sturm geerntet, hier darfst du keine Fragen stellen. Hier wirst du vom Traum gepeitscht, von Märchen betäubt. Die Tiefe der Wunde siehst du nicht, keiner will, dass du diese Tiefe siehst. Wie ein Sternenbruch bleibst du hängen in der Presse des Himmels, du wartest. Ein Warten, das seine Frist unterschätzt. In deinem Schoß sammeln sich welke Stengel, alle Blüten, an denen du riechst, besingen die entschwundene Haltestelle der Fremde.

DINO: jo kids jojo jo jo *Beim Brandanschlag in Mölln am 23. November 1992 sterben drei Türkinnen. Am 29. Mai 1993 zünden Rechtsradikale in Solingen ein Haus an, fünf Menschen sterben.* DAS ERSTE jojo jojo jojo jojo fuck the world fuck the words fuck the lollipops jo jo jojo

REFRAIN:
Über dir fliegen Falken, Spatzen, hinter dem Vorhang deines Auges beginnt jeden Tag der Film neu, in dem du nicht mitspielen darfst.

Hier ist es so, auf einmal bist du das Holz des Feuers, der Gallensaft der Schrift, der Schlüssel des Käfigs, das Tor deines Traums. Hast nur diesen Willen, leben, weiterleben, atmen. Deshalb betrittst du wie ein Wild jede Falle, stellst dich vor jede Kugel, kniest vor jedem Messer und wirst doch wieder Wind, um das Leben nicht zu verpassen.

DINO: jo brothers jo jojo *Der Bundeskanzler weigerte sich, an der Trauerfeier teilzunehmen. Sein Regierungssprecher Dieter Vogel verwies auf die „weiß Gott anderen wichtigen Termine" des Kanzlers. Man wolle schließlich nicht „in Beileidstourismus ausbrechen."* Süddeutsche Zeitung jojo jojo jojo

REFRAIN:
Über dir fliegen Falken, Spatzen, hinter dem Vorhang deines Auges beginnt jeden Tag der Film neu, in dem du nicht mitspielen darfst.

Du besingst die Stacheln des Kissens, baust Schaukeln auf deinem zungenlosen Willen. Mit einer Haut, die dir verborgen blieb, gehst du auf Reisen. Das Unkraut an Wegrändern sammelst du in einem Mörser, trägst es auf deine wunden Brustwarzen auf. Die Gesichter, die du nicht küssen durftest, sammelst du in Rissen des Spiegels.

DINO: jo sister jo jo jo *NSU-Morde: Zehn Morde, zumeist an Menschen mit Zuwanderungsgeschichte, mehrere Bombenanschläge mit Dutzenden Verletzten und 15 Raubüberfälle.* TAGESSCHAU fuck the masks fuck the safety jo jo jojo fuck the heartbreakers

REFRAIN:
Über dir fliegen Falken, Spatzen, hinter dem Vorhang deines Auges beginnt jeden Tag der Film neu, in dem du nicht mitspielen darfst.

Hier ist es so, hier glüht das jahrhundertealte Verdammtsein der Flucht, hier wird es zur Asche, zum Staub. Es kommt der Tag, der Drache erwacht aus seinem Schlaf, breitet die Flügel aus, sucht nach einem unbewohnten Himmel. Er schöpft neue Geschichten aus seinen wunden Stellen, Geschichten, wie du, wie ich. Geschichten, die diesen Eisberg zersprengen sollen.

DINO: jo jo jojo jo *Bis heute ist es kaum nachzuvollziehen, wie drei untergetauchte Neonazis über ein Jahrzehnt lang unerkannt in Chemnitz leben, mit Nachbarn freundschaftliche Kontakte pflegen und gleichzeitig zehn Morde und mindestens zwei Bombenanschläge und zahlreiche Banküberfälle begehen konnten, ohne entdeckt zu werden. Parallel dazu begingen die Ermittler bei der Aufklärung der Mordserie an neun Migranten und einer Polizistin eklatante Fehler, genau wie bei den Ermittlungen zum Bombenanschlag in der vor allem von Türken und Kurden bewohnten Kölner Keupstraße. Obwohl Zeugen hier genauso wie bei einigen Morden zwei Radfahrer beobachtet hatten, wurde dieser Spur nur unzureichend nachgegangen. Als ein Profiler der bayerischen Polizei im Jahr 2006 die These eines rechtsextremistischen Hintergrunds entwickelte, landete diese These schnell in der Schublade und fand keine weitere Beachtung.* Bayerischer Rundfunk

Und jetzt alle zusammen:
*Seit Jahren sind die Ermittlungsakten in Hessen unter Verschluss. Und wenn es nach dem hessischen Verfassungsschutz geht, sollen sie es auch noch jahrzehntelang bleiben. Offiziell, um Quellen zu schützen. Kritiker*innen vermuten jedoch, dass die Behörde eigene Versäumnisse und Verstrickungen geheim halten will.* Zeit Online jo jo fuck the homes fuck the walls fuck this fire jo jo jojo jo fuck all the prayers

Kneipenszene II

Ein Traum von Dinçer, Männer mit schwarz-verschleierten Köpfen wie die bösen Ninjas aus einem Bruce Lee-Film

MUTTER: Bruder Ömer, du hast es bestimmt gehört, Yılmaz liegt auf der Intensivstation. Du schuldest uns noch 250 Mark, wenn du es hast …

1. MANN: Leider, ich hab nichts, bitte, sage meiner Frau nichts davon …

MUTTER: Ich sage es ihr nicht, aber hast du wirklich nichts? Es ist sehr eilig, auch ein kleiner Betrag würde uns schon helfen.

1. MANN: Es tut mir leid. Du weißt, bin gerade arbeitslos, hab auch keinen, der mir jetzt Geld leihen könnte.

MUTTER: Und du, Bruder Süleyman. Der Gerichtsvollzieher hat sich schon angekündigt, 1500 Mark stehen hier in diesem Heft. In den letzten drei Jahren hast du gegessen, getrunken, aber keinen Pfennig gezahlt.

2. MANN: Das stimmt nicht, mehr als 50 Mark können es nicht sein, da irrst du dich, Schwester Fatma.

MUTTER: Bitte, lüg nicht! Erst vor drei Monaten hast du um Mitternacht bei uns angeklopft. Die Stadtwerke hatten euch den Strom gesperrt, *Kinder und Frau frieren* hast du mir erzählt. Du wolltest 300 Mark, ich hab's dir doch gegeben.

2. MANN: Das Geld habe ich längst dem Yılmaz zurückgegeben.

MUTTER: Wann? Was habe ich dir damals gesagt, das Geld solltest du mir geben, so war unsere Abmachung. In all den Jahren habe ich euch alle wie Brüder gesehen, wo bleibt die Dankbarkeit? Wenn du es Yılmaz gegeben hättest, wäre dein Name nicht mehr auf dieser Liste! Ich kenne doch meinen Mann. Er ist faul und leichtsinnig, aber auch ehrlich! Ich seid alle älter als ich, ich will nicht unhöflich sein, doch ihr seht meine Situation. Yılmaz und Mustafa, beide liegen schwerkrank im Bett. Wen soll ich um Hilfe bitten, wenn nicht euch? Heute Morgen hab ich die Summen zusammengerechnet, achtzigtausend Deutsche Mark stehen in diesem Heft noch offen. Und jetzt tut ihr so, als ob ich Geld von euch erbetteln würde.

3. MANN: Vergiss nicht, dass du eine Frau bist. Bei fremden Männern anzuklopfen, könnte deiner Ehre schaden. Nicht alle sind so vernünftig wie wir, geh nach Hause und kümmere dich um deine Kinder, um deinen kranken Mann.

MUTTER: Bruder Ibrahim, verstehst du mich nicht? Ich bin eine Mutter, habe zwei kleine Kinder, eine alte Mutter, einen kranken Mann, alle wollen versorgt werden. Verstehst du nicht, ich will doch nur mein Geld zurück, das Geld, das mir zusteht. Verstehst du mich, verstehst du mich…

Die Kneipe bleibt geschlossen. Neun Münder wollen gefüttert werden. Die Schwägerin und ich arbeiten, Mutter kocht das Essen. Die Männer bleiben den ganzen Tag in ihren Pyjamas. Dieser Glaube, die Jugend vergehe nie … Die Bullen von gestern liegen nun mit Kathetern, mit Beatmungsgeräten flach.

Der Dorn im Auge / Fatma

Ich kann mich noch an das Gesicht meines Vaters erinnern, auch wenn es für immer in einem Nebel steht, seine tiefen Züge, die spitze Nase … Ich mochte Fisch sehr, er auch. Einmal in der Woche, freitags, verkaufte er Mohn auf dem Getreidemarkt und kaufte auf dem Fischmarkt zwei Forellen. *Nur für mich und für meine Tochter.* Ich bin zehn Jahre alt, vorne im Hof versammelt sich eine Menschenmenge, die Stimmen, die Klagen werden immer lauter. Er liegt auf einem Pferdewagen. Sein Gesicht ist wie in Stein gemeißelt, *der Boden ist kalt, der Boden ist kalt.* Das Weinen meiner Mutter trennt den Himmel in der Mitte. *Osman Bey ist gestorben* höre ich aus der Menge, die immer größer wird. Dinçer, seit diesem Tag trage ich den Buckel auf dem Rücken, seit diesem Moment. Die Wahrheit hat mir keiner gesagt, einmal heißt es, er starb an Herzversagen, einmal, er wurde von der Getreide-Mafia erschossen. Deine Oma darf ihm nicht nahekommen, den Körper ihres Mannes nicht mehr berühren. Ab dem Moment, wenn der Mann den letzten Atemzug aushaucht, ist die Frau nur noch eine Fremde, eine Witwe, die sich nach der Sitte zu verhalten hat.

Der Boden unseres Hauses, ein Haus mit vierzig Fenstern und Türen, brach an dem Tag für mich ein. Mutter weinte drei Tage lang auf der Türschwelle, und nach diesen drei Tagen sprach sie wie ein Berg *räumt alles auf, räumt alles auf, wir fahren in die Stadt …* Die Geschichte kennst du. Den wenigen Besitz luden wir auf einen Pferdewagen und zogen in die Stadt. *Wir werden ab jetzt zusammenhalten, unser Brot selber verdienen, den Kopf nie beugen …* Die Zeiten haben sich Gott sei Dank geändert, aber damals war es unangebracht, als Witwe unter die Menschen zu gehen. Ein lautes Wort, ein Lachen, und schon warst du als Nutte abgestempelt. Auch als Waise hattest du dich zu benehmen, denn der Bastard-Fleck klebte dir immer im Nacken. Der Vater hatte der Beschützer zu sein und ohne ihn warst du im Besitz von allen, du gehörtest nun der Willkür der Menschen. Seit dem Mittag, als mein Vater wie eine Skulptur im Hof lag, spürte ich einen Meißel in meinem Rücken, der den Buckel formen sollte.

Unter der Aufsicht der Nachbarin flickte ich kaputte Kelims, besuchte später einen Schneiderkurs, ich durfte keine Schande über Mutter bringen, das hätte uns allen das Genick gebrochen. Deshalb bewegte ich mich jede Sekunde wie auf Stacheln, ich konnte nie vorsichtig genug sein. Eines Tages stand dein Papa vor mir. Meine Mutter wollte ihn nicht als Schwiegersohn, doch der Onkel sagte trotzdem zu. *Fatma soll den Weg für ihre Brüder pflastern!*

Junge Menschen sprechen oft über das Verliebtsein, für mich war es ein fremdes Gefühl. Sowas hab ich viel später in Filmen mit Türkan Şoray gesehen.

Dann kam ich hier an. Die Bahnhöfe, die Waggons, enge Räume, nasse Wohnungen, Möbel mit fehlenden Füßen … Kein Vater, kein Vaterland, der zweite Schritt der Entwurzelung begann. Mit der Zeit, mit viel Stolpern und Hinken, habe ich meinen Platz gefunden. Auch mit dieser Kerbe, diesem Einschnitt zu leben, lernte ich mit der Zeit. Eine Frau, eine Waise, eine Arbeiterin, eine Migrantin: Ich war von so vielem gezeichnet!

Nach vierzehn Jahren kamst du, nach siebzehn Jahren Özgür. Ich habe die Sprache zuerst gebrochen, dann gelernt. Dann die Tuberkulose, die Entzündungen, der Verschleiß im ganzen Skelett. Ich weiß, ich wiederhole mich oft, aber was ich dir sagen will, Dinçer: Keiner verlässt ohne Grund, ohne tiefe

Zerrissenheit seinen Geburtsort, keiner tut das, der von seiner Arbeit, seiner Ernte satt wird. Ich spreche natürlich nur für mein Milieu, von *kleinen* Menschen. Die Reaktionen der Menschen in Deutschland waren unterschiedlich. Manche haben uns freundlich empfangen, manche haben uns als Bedrohung gesehen, für manche waren wir Menschen zweiter Klasse, einige dachten sogar, wir würden ihnen die Arbeit wegnehmen, die Arbeit: Waschanlagen, Putzarbeiten, Gießereien, Bergwerke … Unsere einzige Opposition war, mehr zu arbeiten, und jeder abwertende Blick hat größeren Ehrgeiz ausgelöst. Das fremde Kraut wuchs in Deutschland Tag für Tag weiter, und in diesem Wirbel sind viele von uns auch verlorengegangen. Einige kamen mit den neuen Umständen nicht klar, viele sind vor Heimweh zusammengebrochen, viele haben den Verstand verloren. Solange du funktioniertest, war es in Ordnung, aber sobald sich ein wenig Rost ansetzte, der Mahlstein sich nicht drehte, warst du nichts als eine Last für den Staat, Schmarotzer, der Sklave des sich selbst hochpreisenden sozialen Systems! Heute siehst du, dass sich einige in der Türkei ihre Häuser gebaut haben, hin und her pendeln. Aber viele haben ihre Rente höchstens zwei Jahre genossen, und ein großer Teil hat es nicht mal bis zur Rente geschafft. Ihre gebauten Häuser stehen nun leer. Viele erlebten ihre Rückkehr nur noch im Sarg, viele sind verweht, ohne Zweige, ohne Wurzeln, sie tragen ihre verschwiegenen Geschichten mit sich. Ich sag es immer wieder, zwischen Himmel und Erde haben sich hier Millionen Geschichten aufgestapelt. Du versuchst jetzt, einen Bruchteil davon aufzuschreiben, schön. Wir haben uns das nie getraut, wir sahen Offenheit als Schwäche. Ihr, deine Generation, wird vielleicht all das Aufgestapelte hemmungslos lüften, in die Welt streuen. Glaub mir, auch wenn ich es spät begriffen habe, was dein Schreiben bedeutet, es füllt in mir eine Leere, bitte, schreib weiter, auch das hier, das alles musst du aufschreiben.

Du denkst, alles hat seinen Weg gefunden, die Erde auf dem Boden hat sich festgetreten. Aber dann weht wieder ein neuer Wind, raubt dir die Stabilität, reißt Türen und Fenster aus deinem Haus. Du glaubst, weil deine Kinder hier geboren sind, werden sie hier bleiben, denkst, die brauchen nicht mehr dieses gespaltene Gefühl, die haben einen festen Ort, und dann brennt es auf dem Bildschirm. Die Geborgenheit, die für uns alle einen hohen Preis hatte, kann wieder in Schutt und Asche zerfallen. Es fing mit dem Brand in Mölln an. Kurz danach sahen wir die gleichen Flammen in Solingen, verkohlte Dächer fielen auf unsere Köpfe, ein Frost wehte nun durch unsere Zimmer. Die nächsten Nächte habe ich schlaflos am Fenster verbracht, jeder Schatten umzingelte meinen Körper mit einer neuen Angst. Ich musste tagelang an die Mutter denken, die mit ihrem Kind in ihren Armen aus dem Fenster gesprungen ist. Ich weiß, vor dem Springen hatte sie bestimmt schon ihr eigenes Leben aufgegeben, sie wollte nur noch ihr Kind retten. Sollte es selbst nach dreißig Jahren für uns keine neue Heimat geben? Diese Frage hat uns alle berührt. Eiserne Gitter streckten sich um uns in die Höhe, jeder war nun ein Häftling. Die Täter hatten gewusst, dass viele wehrlose Menschen in diesem Haus lebten, sie kannten unsere schwachen Stellen. Diese Bosheit verstand ich nicht, es ging einfach nicht in meinen Kopf rein. Haben ihre Hände dabei nicht gezittert? Mit welch armseligem Stoff waren ihre Augen verbunden?

Das bedeutet, Dinçer, der Mensch mit seinem rohen Fleisch ist verdammt. Die Wut, die Rachegelüste, das Töten, die Urinstinkte kann man nicht aus der Welt schaffen. Den Kindern soll es ein bisschen ruhiger ergehen, die sollen in dieser

Gesellschaft ihren Frieden haben, war der Gedanke meiner Generation. Aber in diesen Flammen verkohlten auch unsere Hoffnungen, diese Flammen umzingelten nun auch euch. Wie schon gesagt, keiner verlässt aus purem Spaß sein Land, seine Erde, auch wir strebten nach einem besseren Leben, sollte der Preis wirklich so hoch sein?

Wir brauchen euch, hatte man uns gesagt, gut, wir waren da. Überstunden? Gerne! Wochenenden? Ja, wir arbeiteten durch! Deutschland zählt heute zu den mächtigsten Ländern der Welt, und warum, wie kam es dazu, haben wir wirklich nichts beigetragen?

Der Mensch weiß, was er nehmen kann. Das Geben ist die Würde einer geschliffenen Seele. Wo diese fehlt, wo der Mensch als Schuldner steht, kann er schamlos, ohne Gewissen Missgunst verbreiten.

Diese wehrlosen Menschen in den Flammen haben einen Brief hinterlassen, der halb verbrannt in unseren Schubladen liegt, einen stillen Vorwurf … Nicht nur wir, auch die Täter stehen mit uns in diesen Flammen, auch dieses Land. Glaubst du, das Feuer brennt nur an einem Ort, nein, auch den Täter reißt es in seine Lohe, es lässt ihn nicht mehr los.

Nun lagen Kränze überall, Kerzen brannten zum Andenken an die Opfer, Menschen versammelten sich auf den Straßen, im Parlament gab es Schweigeminuten. Wie du weißt, hat die Politik die besondere Gabe, alles in Wörter zu schmücken, und als Trostspende kann sie jede Straßenecke mit Kränzen versehen. Am nächsten Tag werden die Kränze und Wörter wieder aufgesammelt, und dir wird gezeigt, wer du eigentlich bist und sein sollst. Ich verstehe ja nichts von der Politik, aber ich ahne, wir ahnen es, wenn wir heute noch in der Ausländerbehörde vor den Beamten stehen, wenn wir der Migrationspolitik ausgeliefert sind. Du ahnst, diese Kränze bedeuten nicht mehr und nicht weniger als ein Schmerzpflaster.

Seit Jahren sprechen Politiker über das gelungene Zusammenleben, über das Zusammensein, sie sprechen im Namen von Fatma, im Namen von Gürsün, Hatice, Gülüstan, Hülya, im Namen von Saime, im Namen von Menschen, die dreißig, vierzig, fünfzig Jahre in Fabriken, Bergwerken, auf Feldern gearbeitet haben. Dann wunderst du dich: Aha, so viel wissen die schon? Doch ohne Fernsehkameras betreten sie niemals deine Wohnung, ohne diese Möglichkeit der Selbstdarstellung trinken sie kein Glas Tee mit dir. Aber über dich reden, über deine Lage bestimmen, Urteile treffen, das können sie, und du hörst alles, du weißt, die spielen auch nur ihre Rolle, vielleicht sind die noch ärmer dran als wir, wir hatten zumindest die Möglichkeit, in den Spiegel zu schauen, kennen jede Naht auf unserer Haut, jeden Bruch in unserem Skelett!

Besonders in den letzten Jahren sieht man wieder Wahlplakate, auf denen den Einwanderern der Rückweg gezeigt wird. Hier am Ingenhovenpark habe ich ein Plakat gesehen, auf dem eine Frau mit Kopftuch abgebildet ist, in ihrer Hand einen Koffer, ihr wünscht man eine schöne Heimreise. Das hab ich gesehen, Dinçer, das hat mir dieses Land zu sehen gegeben. Ich stand vor diesem Plakat, ich stand in Flammen. Im Namen von Demokratie und Meinungsfreiheit hat man uns nach vierzig Jahren wieder solche Plakate gezeigt. Wenn man unter Meinungsfreiheit solche Taten erlaubt, wofür waren die ganzen Kränze, diese Schweigeminuten, diese Inszenierungen im Parlament. Es ist doch unser Recht, nach Jahren des Zusammenlebens ein wenig Ehrlichkeit zu erwarten. Wenn es wirklich Demokratie in diesem Land gibt, wenn die Regierenden wirklich Wert auf Meinungsfreiheit legen, sollen die mich mal bitte ins Parlament einladen und ans Mikrofon stellen. Denkst du, ich werde kein Wort herausbringen? Natürlich werde ich das, natürlich kann ich mit jedem Wort auf die Köpfe hauen, einen Spiegel vor die Gesichter stellen. Aber wer will das schon ertragen. Für diese Rednerpulte musst du von guten Messern geschnitzt sein. Unsereiner ist viel zu müde dafür.

Aber irgendwann werden die es auch kapieren. Nur mit Regeln, Bestimmungen, Listen, Zahlen wird niemand Ruhe finden, dafür braucht man ein wenig mehr an Mut, den Mut, den anderen aus der unteren Schicht in die Augen zu schauen. So viel Mut sollte man der Demokratie zutrauen, oder?

Gott, jetzt rede ich auch schon wie eine von denen! Ach, Dinçer … mehr habe ich dazu nicht zu sagen. Es ist traurig genug: Im Elternhaus, im Vaterland, hier in Deutschland, egal, wo ich war, überall habe ich den Buckel mitgetragen, diese gesenkten Blicke. Alle haben mir erklärt, was ich zu machen habe, alle haben das Recht, zu bestimmen, für sich beansprucht. Niemand wollte wissen, wie es mir, wie es uns ging. Alle wussten, das Feuer war überall, unter jedem Teppich, in jeder Ecke.

Das Feuer wird weitergetragen, von Generation zu Generation, und je länger man schweigt, desto tiefer sinkt es in seinen Diwan!

Das Lied der Mütter vor dem Parlament

Vor dem Parlament stehen Frauen in Arbeitskitteln, an einer Hand ihre Kinder, in der anderen ihre Feilen, Bohrmaschinen, Schaber. Die Mütter werden bei ihrer Anklage von einer Hochzeitsband unterstützt. Instrumente: Davul, Saz, Zurna, Keyboard.

CHOR:
Wir saßen im Zug, zwischen unseren zitternden Beinen zitterten die Holzkoffer. Diese Fahrt war unser Schicksal. Es durfte kein Zurück mehr geben. Es gab auch kein Zurück. Nach 3 Tagen / 3 Nächten standen wir am Bahnsteig mit den zitternden Holzkoffern zwischen unsren zitternden Beinen. Da fing es an mit sprachlosen Ankünften.

RUKIYE (SOLO):
jetzt gehen wir, wie wir gekommen sind
mit dem letzten Bissen eures Brotes
halb dankbar, halb enttäuscht
leise unterm Vollmond, können wir abrechnen, Deutschland?
Wie viel schulden wir dir?

CHOR:
Zuerst der Ruß der Bergwerke, die Nachkriegszeitmöbel, die stehende Kloschüssel, das alte Radio, die wundblühenden Lieder, der schwarze Kasten, die Barfüße von Heidi, die Schuhfabrik, die Akkordarbeit, Schweigen, der erste Lohnstreifen, der Adler auf den Geldscheinen.

Schweigen

CENNET (SOLO):
die verkrüppelte Jugend, den unbefleckten Sonnenschein
sammeln wir im Baumschatten ein
habt keine Angst, den Kastanienbaum lassen wir hier
und nehmen als Wintervorrat nur die stacheligen Schalen
wie viel kostet der Zoll?

CHOR:
Das Fotostudio (Lebensbeweis für die Zurückgelassenen), die Teppichfabrik, der Protest der Eileiter, weiße Nächte, geweihte Tränen, der Rost der Bettfedern, Doppelschicht, die Leere unserer Hände.

AYŞE (SOLO):
die Parkbänke, die Seen und die Wolken nehmen wir mit
habt keine Angst, nur in Erinnerungen
in Fabrikhallen mit Metallstaub werden wir weiter schweigen
sag uns, Deutschland, was gehört dir, was uns?
Wie viel schulden wir?

CHOR:
Gesparte Pfennige, ausgegebene Sehnsucht, Überstunden, Arbeitsunfälle, befristete Aufenthaltserlaubnisse, Angst vor dem Vorarbeiter, Angst vor Arbeitsunfähigkeitsbescheinigungen, Angst vor den Beamten, Angst vor den Regeln, Angst vor Gewerkschaften.

Schweigen

FILIZ (SOLO):
wirst du genauso jubeln wie bei unserer Ankunft?
Mach es, hab kein schlechtes Gewissen
diese Worte sind kein Vorwurf
und diese im Herzen wirbelnde Glut
ist nur ein ehrlich erworbenes Gut
damit gehen wir, so wie wir gekommen sind

CHOR:
Total arbeitsunfähig, kleine Rente, unsere ausgeschabten Körper kannst du in einem Gastarbeitermuseum ausstellen: die Röntgenbilder unserer Knie, Arme, der Wirbelsäulen, der Hüften, Schweigen, es durfte kein Zurück mehr geben, nein, kein Zurück mehr geben, es gab kein Zurück … tschüss, Alamanya, ich küsse deine Stirn, Alamanya, ich küs sana Alamanya! Können wir abrechnen, Alamanya? Was kostet die Steuer!

Schweigen

CHOR:
Von welchem Baum bist du die Frucht, wer hat dich so tief gebissen, Alamanya? Und blind auf meinen Schoß geworfen, wo du in deiner Kälte unerträglich blutest, wo du nicht mehr in meine Augen schauen kannst, obwohl du meiner Einsamkeit nichts schuldest. Wann wirst du dein eigenes Lied singen, Alamanya?

Die Fledermaus in deinem Gesicht / Dinçer

Die Tage in der Türkei, die stechende Sonne, die langen Abende auf dem Hof, die Eidechsen, Mäuse, die aus allen Löchern kriechen. Die Ernte wird in Traktorkisten geliefert, in alten Ölkanistern wird sie von uns in die Getreidekammer getragen. Lieber kletterte ich in die Kiste, als mit dem Ölkanister auf der Schulter tausendmal hin- und herzulaufen. Du und Tante, ihr steht in der Küche und bereitet das Mittagessen für die Tagelöhner zu. Egal, wo der Mensch landet, in seinem Gesicht trägt er die Erde, auf der er geboren wurde. Deine Gesichtszüge bekommen in diesen fünf, sechs Wochen eine Härte. In deinem verletzlichen Blick setzt sich Kalk ab, eine Kälte.

In den Abendstunden versammeln sich die Menschen auf dem Hof. Die Maiskolben werden auf die Glut geworfen, die Glühwürmchen bilden eine Lichterkette, das Quaken der Frösche untermalt die Gespräche, die mich in eine Welt aus Mythologie und Schrecken versetzen. In diesen Erzählungen ist alles möglich. Kleine Satane verwandeln sich in Ziegen und treiben junge Frauen in den Wahnsinn, junge Männer finden sich eines Morgens im Schweinefett und sind bis zu ihrem Tod verwirrt und impotent.

Hier ist Anatolien, die andere Fremde, das Notizheft der unzähligen Verbrechen. Hier ist der Ort, wo Taten noch keine gewichtige Sprache finden, wo die Wut, die Obsession, das Obszöne in die Welt gesetzt werden, wo nicht die Taten, sondern ein Gespräch über diese Taten ein Verbrechen ist.

Der Mann mit dem verkrümmten Rücken kommt um die Ecke, mit einem Spaten auf seiner Schulter, über dem Spaten hängt eine tote Schlange, die er grundlos erlegt hat. Während auf der Glut die Maiskolben gegrillt werden, beginnt ein Flüstern zwischen euch. Die Dorfbewohner erzählen, was sich in einem Jahr alles ereignet hatte, die wahren und ausgedachten Geschichten über Tod und Sünde.

Eine Frau wird von ihrem Mann in den Brunnen geworfen, und die Leute merken es erst, als die Würmer durch den Spalt des Holzdeckels kriechen. Darüber wird geschwiegen. Eine Frau ersticht ihren Mann mit Grillspießen, während er beim Beten die Stirn auf die Secde legt, sie kommt hinter Gitter. Es gibt im Dorf eine kurdische Frau namens Aynur, sie hat aus ihrer ersten Ehe eine Tochter mitgebracht, Yıldız. Aynur wurde für Sami gekauft. Sami ist langsamer im Kopf als alle anderen, keine wollte ihn zum Ehemann haben. Aynur hackt das Holz für den Winter, Aynur trägt das Wasser in Tonkrügen ins Haus, Aynur holt die Ernte vom Feld. Ich kann mich noch an die bunte Halskette in allen Tönen Mesopotamiens erinnern, das Türkis stach mir ins Auge. Eines Tages versammeln sich die jungen Männer nach dem Abendgebet in der Moschee vor der Tür von Aynur. Wir können dir mehr geben als Sami, mach die Tür auf. Diese Rufe wiederholen sich mehrmals. Sami hat Angst, Sami versteckt sich hinter der Tür. Aynur packt ihre zwei Sachen, nimmt ihre Tochter und flüchtet in ein anderes Dorf, noch in der Nacht. Über das Jaulen der Hyänen wird geschwiegen, es wird nur über Aynur geflüstert. Nicht von sich aus waren die Männer aufgegeilt, natürlich hat Aynur diese unschuldigen Männer mit ihrer Weiblichkeit provoziert. Aynur ist eine Frau, Aynur ist eine Kurdin, nur Aynur kann in dieser Geschichte die Schuld haben … Wanderhändler kommen mit einem Laster, nehmen alle Esel mit, die sie im Freien finden, verkaufen die Tiere an die Metzger, in Schlachthöfen werden sie als Rindfleisch gehandelt. Dem Celal hat man das Bett mit verfluchtem Schweinefett eingeschmiert, deshalb hat er seinen Verstand verloren, es kann nur der Fluch seiner Schwiegermutter gewesen sein. Bei Emine war es der Dschinn, der sich als Katze getarnt hat und ihre guten Geister auf die schiefe Bahn brachte.

Während diese Geschichten erzählt wurden, wuchs auf deiner Stirn eine Fledermaus, Mutter. Du schwiegst über die Verbrechen und sprachst genauso wie diese ungeschliffenen Menschen, die keine Scheu hatten, die Ehre von unschuldigen Frauen mit Füßen zu treten und dabei die animalischen Instinkte der Männer zu verteidigen. An solchen Abenden sah ich dich als Mittäter, ich schämte mich für dich. Eine Fledermaus wurde in deinem Gesicht größer und größer.

In deinem Gesicht sah ich eine behaarte Männerbrust, faulende Zähne, einen erregten Schwanz, einen Spaten … Ich fühlte mich wie die Schlange, die sich im Schatten eines Feigenbaums zum Mittagsschläfchen legte und von einem Spaten erschlagen wurde.

Trägt der Mensch in seinem Gesicht immer die Härte seiner Erde, Mutter?

Ach, Dinçer, nicht jeder Teig wird in der gleichen Molle geknetet / Fatma

Dinçer, sei nie zu schnell mit deinem Urteil, weder jetzt noch später. Die Wahrheit bleibt oft ein Geheimnis. Sie wird oft stärker verborgen, als wir uns das vorstellen können. Sei nicht so schnell, zeichne die Fledermaus nicht auf mein Gesicht. Und nicht jeder Teig wird in der gleichen Molle geknetet. Denkst du, das, was Aynur passiert ist, wäre für mich nicht problematisch? Und bevor du urteilst, hättest du eine andere Lösung gehabt? Wenn ja, sag's mir! Die Provinz hat ihre eigenen Regeln, diese Regeln wollte oder konnte bisher niemand ändern, geschweige denn ich. In dieser Mühle der Engstirnigkeit wurden viele Hoffnungen, viel Unschuld, viele junge Leben zermalmt. Wenn du versuchst, den Mahlstein in die andere Richtung zu drehen, wirst du selber zu Staub, auch du gerätst in diese erbarmungslose Reibung, wirst Feuer, wirst Asche. Der Mensch ist wiederum ein naives Wesen und setzt die Provinz sehr gerne in ein idyllisches Bild, verharmlost die Instinkte der Bewohner, doch es gibt auch die Kehrseite der Medaille. In dem reinen Bild sprudeln schneidige Vorurteile. Veränderung, Bildung, Entwicklung werden oft als Gefahr gesehen. Das Unerhörte findet keinen Verstand, aber umso mehr verriegelte Türen. Sag du mir, was hätte ich noch für Aynur tun können? Ich hätte sie nur für eine kurze Zeit in Schutz nehmen können, und was danach? Eine vergängliche Hoffnung kann oft schmerzvoller sein als der schnelle Bruch. Meine Kraft reichte nur aus, mit ihr und der Tochter das Essen zu teilen, ihr etwas von den Mitbringseln aus Deutschland in die Tasche zu stecken, etwas Geld in die Hand zu drücken. Zu den Heilbädern in der Ägäis habe ich sie mitgenommen. Ihre Schwiegermutter hab ich um Erlaubnis gebeten, gesagt, dass ich sie als Pflegekraft brauche, so war sie einverstanden. Meinst du, ich hatte die Hilfe von Aynur wirklich nötig? Ich wollte sie nur für eine Weile aus diesem schwierigen Leben rauszerren, ihr auch andere Ecken der Welt zeigen. Alles andere hätte auch mich überfordert. Der Armut, den Machtspielen der Männer hätte ich keinen Einschnitt verpassen können.

Ich hätte allen so oft erzählen können, dass es nicht gerecht ist, dass sie endlich mal ihre Einstellungen ändern müssen, aber sie hätten es abgelehnt, die hätten sich niemals getraut, ihre Vorurteile, ihre Bräuche vor Gericht zu stellen. Und was die unbearbeitete Natur nicht mit Verstand und Gewissen wegschaufeln kann, wirft sie dir wieder als Fleck, als Schande vor die Füße, und so grübelst du auf einmal in demselben Schlamm. Sie werden dich, ohne sich zu rühren, beobachten, beobachten, wie du jede Sekunde tiefer sinkst, werden eine giftige Freude spüren, werden dein Scheitern als Sieg sehen. Jeder sucht für sein Milieu Mitbewohner, Dinçer, Mitsünder für sein Register, Mitschuldige für seinen Abgrund …

Der Weg von Aynur ähnelt auch meiner Geschichte. Aynur war in ihrem Elternhaus die Tochter, also die Löffeldiebin. Damit eine Scheibe Brot weniger verzehrt wird, verkaufte man sie dem Sami für ein paar Almosen als Braut. Und ich habe deinem Vater mein Ja-Wort gegeben, um meine Brüder, meine Mutter aus der Armut zu retten. Auch wenn Aynur im gleichen Land geblieben ist, sie war Kurdin, eine Andere, in den Augen der Einheimischen leicht befleckt, auch sie musste sich in einer neuen Sprache, in diesen neuen Bräuchen zurechtfinden. Aynur wurde akzeptiert, damit der verwirrte Sami eine Begleiterin bekommt. Eine Bessere hätte seine Mutter für ihn niemals gefunden. Und ich wurde in Deutschland akzeptiert, weil die

Maschinen in den Fabriken nicht stillstehen durften. Aynur hat mehr gearbeitet als ein Lasttier, mehr geopfert, als man von einem Menschenkind je erwartet hat, und trotzdem blieb sie auf der äußeren Seite der Schwelle. Auch sie hatte Wünsche, Träume, Lieder auf ihrer Zunge, die sie niemals gewagt hat zu singen. Kann der Mensch sich für seine normalsten Wünsche schämen? Das musste sie! Aynur blieb Kurdin, ich Türkin. Du kannst Berge versetzen, bleibst trotzdem nichts als ein Türgriff, den man auswechseln kann. Aynur hat man an ihrer wunden Stelle gepackt, bei deiner Mutter war es nicht anders. In zwei unterschiedlichen Ländern haben wir das Innenleben wie einen Komposthaufen faulen lassen, als Fremde, als Frauen, als zungenlose Wesen. Mein Glück war, dass die Fabriken, die Felder nie genug Körperkraft bekamen, der Durst nach Existenzen war unermesslich, und solange das Getriebe lief, hat man mir gewisse Freiheiten und Rechte in die Hand gezählt. Denn der Westen wusste auch, nur mit Menschen wie mir, die verstummen, nicht hinterfragen, konnte das Rad sich weiterdrehen. Weder ich noch Aynur haben Brot für unsere schönen Augen geschenkt bekommen, nein, für jeden Tropfen Wasser, für jeden Bissen mussten wir bezahlen, Dinçer, anders kenne ich es nicht. Manchmal sehe ich im Fernsehen, wie Aktivisten, Partei-Menschen, Politiker schön über unsere Rechte sprechen. Sie pflegen so ihren Status, schmücken ihre Arbeit, wieder ohne unsere Stimmen. Und so, wie sie sprechen, wird in unseren Milieus nicht gesprochen, ihre Worte sind eine Fremdsprache, die keiner von uns artikulieren kann. Diese Worte kennen keine Fabrikhallen, diese Worte kennen keine müden Menschenkörper … Auch du wirst mit deinen Sätzen immer ein wenig fremd, ein wenig unrealistisch bleiben, auch hier wird es keine Vereinigung geben. Das hört sich schmerzhaft an, ist aber so.

Aus diesem Grund konnte ich für Aynur nicht viel mehr tun. Auch wenn ich es gewollt hätte, sie hätte es nicht zugelassen. Das Misstrauen hätte den Mut erwürgt. Hast du jetzt genug gehört? Kannst du mich jetzt bitte ein wenig in Ruhe lassen, ich bin müde! Verstehst du jetzt, warum du mir nicht einfach mit deinem Weltbild die Fledermaus ins Gesicht zeichnen darfst?

Wie in dem Volkslied aus Anatolien *Die Wahrheit ist ein verschwiegenes Geheimnis.*

Glaub nicht, dass du dieses Geheimnis enträtselt hast. Das wird dir nicht weiterhelfen, du wirst nur einfacher urteilen können.

Achmatova mit Frischkäse / Dinçer

1996. Mit sechzehn beginne ich eine Lehre im Werkzeugbau. Mein neues Kostüm werden Schuhe mit Metallkappen und ein Blaumann. Am ersten Tag werde ich von allen Kollegen ausgelacht, weil ich sie sieze, okay, albern, aber ich weiß es nicht besser. *Was für ein Weichei* sagen sie untereinander. Ich sehe schon, diese Schwanz-Welt hat ihre eigenen Bräuche. Der Lehrmeister gibt mir einen U-Stahl und eine Feile in die Hand und zeigt mir den Schraubstock. Dieses verrostete, verbogene Stück soll ich so lange feilen, bis alle Flächen zueinander in 90 Grad stehen. Alle zwei Stunden kommt er mit einem Haarwinkel vorbei. *Mehr* sagt er *mehr* … Nach zwei Tagen brennen beide Handflächen, sind mit Blasen übersät. Ich komme nach Hause. Du sitzt an der Nähmaschine und nähst dir aus Stoffresten neue Schürzen. Ich setze mich zu dir, sage, dass ich die Ausbildung abbrechen werde. *Willst du genauso werden wie dein Vater, mach was du willst …* und wendest dich wieder der Nähmaschine zu. Ich kenne dieses Schweigen.

Nein, Mutter, nein! Natürlich will ich nicht wie Papa werden, aber es gibt doch so viele andere Möglichkeiten. Ich möchte im Theater arbeiten, schreiben, Geschichten erzählen, wie jetzt, wie diese Zeilen. Es gibt eine andere Welt, Mutter. Eine Welt, die dir immer fern war, aber es gibt sie, bitte, lass es mich versuchen, bitte, nimm diese Verantwortung von meinen Schultern, lass mich fliegen … Das alles will ich dir sagen, traue mich aber nicht.

Am Abend ruft Frau Alkanoğlu an, meine Türkischlehrerin. *Deine Mutter ist am Boden zerstört, weil du deine Ausbildung abbrechen willst. Sie hat geweint, ich konnte nicht jedes Wort von ihr verstehen, aber sie macht sich Sorgen um deine Zukunft, wie jede andere Mutter. Dinçer, mach bitte weiter, alles andere läuft ja nicht weg.*

Vielleicht hat sie recht. Unsere Schubladen quellen über mit Mahnungen vom Gerichtsvollzieher, von Rechtsanwälten, Inkassobüros. Am nächsten Morgen stehe ich wieder an der Stempeluhr, 5:45 Uhr, klack! Ja, diese Welt hat ihre eigenen Bräuche, ich lerne sie kennen. An den Türen der Spindschränke hängen Titten, Muschis. Jeden Freitag kommt man in der Pause unter dem Kran zusammen und isst diesen eingelegten Hering, als Nachtisch Lakritz, trinkt Bier vom Fass, spuckt auf den Boden, tauscht Porno-Videos aus. Die Kollegen diskutieren über die geilsten Stellungen beim Sex und was sie davon schon alles ausprobiert haben. Auch meine Gestalt, meine Art nimmt mit der Zeit etwas Männliches an, aber trotzdem, vieles von diesem Verhalten lehne ich ab und verkrieche mich in den Pausen hinter die Drehmaschine und lese Dostojewski, Böll, Achmatowa … gelte dafür in der Gemeinde als *Schwuchtel.*

Letzte Woche, Mutter, stand ich im Supermarkt in der Warteschlange. Eine Hand klopft auf meine Schulter, ich drehe mich um und sehe Bernd, den Kollegen, der immer die Gießformen auseinander gebaut hat. *Na, Dinçer, du bist jetzt bestimmt glücklich, dass du aus diesem Sumpf raus bist, wir lesen, hören ja, was du so alles machst, gut … gut …*

Mir bleiben die Worte im Hals stecken, ich weiß nicht, was ich dazu sagen soll. Überlege jetzt seit zwei Tagen, ob ich diese Welt tatsächlich als Sumpf gesehen habe. Spule den Film immer wieder zurück. Nein, es war eine fremde Welt, in die ich mich mit einem Teil der Seele eingebürgert habe. Diese Welt hat viel von mir verlangt, doch mit der Zeit habe ich gelernt, auch diese Welt zu verstehen. Ich habe von diesen Menschen sehr viel erfahren. Hätte ich mir damals diese robuste Art nicht zu eigen gemacht, wäre ich heute auch in der Theater- und Literaturszene verloren. Egal, ob das zum Erfolg oder Misserfolg geführt hat, sehe ich mich immer als Arbeiter. Die Auftritte als Künstler, Dichter finde ich immer ein bisschen peinlich. Hab Jahre später Gedichte geschrieben und diese der Drehmaschine mit der Nummer 630, dem Schraubstock, der Bandsäge gewidmet.

Jeden Abschnitt meiner Vergangenheit, all das Erlebte, Empfundene sehe ich heute als Gewinn. Komisch nur, dass der Kollege Bernd, der mich vor zwanzig Jahren in seiner Welt als Fremden sah, heute die gleiche Welt als Sumpf sieht. *Nein* wollte ich ihm sagen, es war kein Sumpf, wir waren da, haben gearbeitet, haben voneinander gelernt und später wollte ich nur einen anderen Weg einschlagen. Die neuen Kreise, die ich später betrat, die Bohème, die Welt der Poeten und Künstler, sind auch nicht viel anders gestrickt als der Werkzeugbau. Ausgrenzen, Ignorieren, Kleindrücken sind in diesen *schöngeistigen, kreativen Szenen* genauso beliebt. Nur der Dinçer war besser vorbereitet, Mutter, dafür danke ich dir. Und jetzt, als Schreiber, trage ich den Schäfermantel aus Illusionen, der mich vor Wind und Sturm schützt. Wenn ich auf Reisen gehe, packe ich diese Zeilen von Achmatova in die Tasche: „Vieles möchte, wenn ich mich nicht täusche, noch von meinem Mund besungen sein."

Versuch doch mal bitte, die Welt mit meinen Augen zu sehen, Dinçer / Fatma

Dinçer ist sechzehn Jahre alt. Beginnt eine Ausbildung als Dreher in der Firma, in der auch ich arbeite. Die Grundausbildung muss er aber in dem Werk in Neuss machen. Morgens um 4 Uhr stehe ich mit ihm auf, schmiere für ihn Frischkäse aufs Fladenbrot, koche den Tee, ein Glas trinkt er zu Hause, für die Arbeit fülle ich seine Thermoskanne. Drei Mal muss er umsteigen, bis er in der Firma ankommt, gegen Abend kommt er nach Hause. Er hat von seinem Lehrmeister Stahl und Feile bekommen, seine beiden Handflächen sind voller Blasen. Er will die Ausbildung abbrechen. *Ich will Theater machen, ich will schreiben* sagt er. Er liest schon seit Jahren, dicke Bücher, dick wie Ziegel, das macht mir Kummer, wieso lässt sich ein junger Mann von solchen dicken Büchern ablenken, frage ich mich die ganze Zeit, er müsste sich doch jetzt mehr für Sport und Frauen interessieren. *Ich will Theater machen, ich will schreiben* seine Worte erschlagen mich, mir bleiben die Worte im Hals stecken, er geht in sein Zimmer, ich weine, rufe aus Hilflosigkeit seine alte Türkischlehrerin an, bitte sie, ihn von solchen Gedanken abzubringen. Meine größte Angst ist, dass er wie sein Papa wird. Sein Papa hatte eine Frau gefunden, die den Strick festhält, aber was will der Junge ohne einen vernünftigen Beruf machen?

Du wirst weitermachen, du hast keine andere Wahl, hörst du... verstehst du? Ich packe ihn an den Armen und schreie ihm ins Gesicht. Das will ich jedenfalls, schaffe es aber nicht. Er hat immer gearbeitet. Schon mit acht Jahren fuhr er mit mir auf das Gurkenfeld. Er saß für drei Mark pro Stunde auf dem Traktor und schaute, dass der Traktor auf der gleichen Spur blieb.

Mit zwölf bekam er eine Arbeit bei einem Bauern in Lobberich, Zwiebeln und Porree hat er im Hof gewaschen und in die Kisten eingepackt. Jeden Montag bekam er seinen Lohn, das Geld hat er immer auf den Küchentisch gelegt. Nach der Schule schlürfte er seine Suppe und fuhr mit seinem Fahrrad auf den Bauernhof. Viele Menschen haben mich gefragt, wie ich das übers Herz bringe, ein Kind, das ich nach so einem langen Kampf bekommen habe, so hart arbeiten zu lassen. Es war die Angst, die Angst, er könnte wie sein Vater werden. Er sollte lernen, dass das Leben eine erbarmungslose Wildnis ist. Seine Türkischlehrerin hat ihn überredet, die Ausbildung durchzuziehen. Im zweiten Lehrjahr fing er auch in einem Theater in Köln an. Nach der Arbeit fuhr er mit dem Zug von Neuss nach Köln, kam erst um Mitternacht nach Hause. Mit drei, höchstens vier Stunden Schlaf stand er wieder auf, aß sein Fladenbrot mit Frischkäse, nahm seinen Rucksack und lief zum Bus. Ich beobachtete ihn vom Fenster aus, bis er am Ende der Gasse abbog. Ich sah seine müden Schritte, den schweren Rucksack, gefüllt mit Brot, Thermoskanne und Büchern, schwer wie Ziegel.

Dinçer, 1996

Eine neue Uniform: der Blaumann / Dinçer

Für eine Flucht war es noch zu früh. Papa musste die Kneipe schließen, und die offenen Rechnungen vom Finanzamt und von Lieferanten krümmten wieder deinen Rücken. Dazu kam, dass du wegen der schweren Tuberkulose monatelang im Krankenhaus liegen musstest.

Von Deniz hatte ich gehört, dass die Firma Pierburg nach zwanzig Jahren wieder Lehrlinge einstellte. Dort mit der Lehre zu beginnen, bedeutete, deinem Schicksal näher zu kommen: Arbeiter zu werden. Für Theater, Literatur war es zu früh, zuerst mussten die Schulden abbezahlt werden. Mit Hilfe von Herrn Dörnhaus, meinem Klassenlehrer, schrieb ich eine Bewerbung und gab sie beim Pförtner der Fabrik ab. Mit gemischten Gefühlen lief ich den Weg nach Hause, in der Gasse des Festsaals entdeckte ich ein Pornoheft auf dem Abfalleimer. Ich steckte es unter meine Jacke. Auf der Bank am See blätterte ich es durch, und als ich wieder zu mir kam, waren meine Hände fast eingefroren, die Kälte drang bis in die Knochen, beim Durchblättern hatte ich es nicht gemerkt. Ich ahnte, die Realität da draußen wollte geübt werden. Ich war noch gefangen in meinem Kokon.

Nach zwei Wochen kam die Einladung zum Eignungstest, nach vier Wochen die Einladung zu einem Vorstellungsgespräch, und nach dem Gespräch in einem Büro legte die Sekretärin den Vertrag und einen Stift auf den Tisch. *Sollte ich den Schritt machen …* Ich unterschrieb. Danach holte mich ein Abteilungsleiter ab und ich durfte mit ihm die Fabrikhallen besichtigen. An einer Waschanlage sah ich meine dicke Tante und erzählte ihr, dass ich den Vertrag unterschrieben hatte. Ihre Freude erschreckte mich ein wenig. Jetzt war ich doch hier gelandet, jetzt übernahm ich auch die Rolle, jetzt gehörte ich auch zu denen, trotz meiner komischen Art, trotz meiner Liebe zu Büchern und vielen anderen Dingen, die allen anderen Familienmitgliedern fremd waren, ich gehörte also doch zu ihnen, war nicht verloren.

Deine Reaktion war ein wenig zurückhaltender, wie immer, ein kleines Schmunzeln in deinem Mundwinkel bedeutete schon viel. Es gab nur ein Manko: Die Ausbildungsstätte in der Fabrik war noch nicht bereit und es fehlte ein Ausbilder, deshalb mussten wir die ersten vier Monate in eine andere Fabrik in Neuss fahren. Wie gesagt, der Clan im Werkzeugbau hatte seine eigenen Traditionen.

Diese lehnte ich ab, bei mir lösten sie einen Würgereiz aus, lieber blieb ich als *Schwuchtel* auf der Bühne. Wie ein Fremdkörper hinkte ich in diesem robusten Organismus hin und her, alles war so bekannt, aber auch so fremd. Du spürst, wenn zwei andere Kollegen drei Meter weiter über dich urteilen und dann kopfschüttelnd laut auflachen, du spürst, es geht wieder um dich. Ein paar Mal wollte ich in den ersten Monaten die Lehre abbrechen, aber die Kraft für Widerstand ging mir mehr und mehr verloren. Ich musste den Tschechowcharakter feilen, schleifen, abrunden und ihn dieser Welt anpassen, das Rohmaterial bearbeiten, bis es die richtige Form bekam. Ich musste da durch. Das Gute ist, hier hatte ich die Möglichkeit, vieles zu lernen, mich vorzubereiten, das Rohmaterial mit dem richtigen Werkzeug zu bearbeiten und anzupassen … deshalb, alles gut, alles sauber.

der Junge im Blaumann

die Kälte der Bahnhöfe: die verrostete Schere
die glimmende Zigarette: die rebellierende Heftnaht
die tagträumenden Waggons: die hinterlassene Nabelschnur
hier beginnt die Erkundung einer neuen Sprache
hier häutet sich das gezupfte Gedicht einer Taube …

mit durchgestrichenen Gesichtern *komm komm* durch das große Tor
zweiundachtzig Flügelschläge *komm komm* bis zur Stempeluhr
und nochmal dreiundzwanzig *komm komm* durch taube Hallen
dann der letzte Kurzflug *komm komm* durch den eisernen Flur

der Staplerfahrer geht aus der Dusche, sagt leise Morgen
öffnet seinen Spind, entsperrte Brüste und Mösen lächeln ihn an
das enge Tuch fällt, die Nachtschicht liegt nun auf dem Boden
sein hängender Rüssel hustet, die verstaute Lust hängt am Kran

komm Vogel! ruft 10 vor 6 die Uhr, hüpfe in das blaue Gefieder
verhülle das Zerbrechliche, dieser Himmel lehrt dich neue Winde
geh an die Drehbank 630, beflügele die Späne, singe deine Lieder
dieser Himmel lehrt dich die Zukunft, Junge! suche und finde!

über blütenreiche Zäune *komm komm* über den wilden Hintergarten
vierzehn Akademiejahre *komm komm* Brutstätte unter Metallflocken
tilge die Schulden *komm komm* in allen Nestern verschwiegene Raten
die feuchte Unterhose sollst du *komm komm* in tiefen Lüften trocknen

die Fluchtjahre im festen Stamm: die schwere Axt
die mit Gräten verwobenen Gewebe: der geschwängerte Riss
das überschwemmte Elternhaus: die wildfruchtduftende Fremde
hier beginnt das Wandern der alten Sprache
hier endet der gurrende Schatten einer Taube …

Die lange Reise in die Arbeitwelt / Dinçer

4:35 Uhr Nettetal, Doerkesplatz (Abfahrt), 5:05 Uhr Kempen, Bushaltestelle (Ankunft).

5:08 Uhr Kempen, Bushaltestelle (Abfahrt), 5:25 Uhr Krefeld, Hauptbahnhof (Ankunft).

5:32 Uhr Krefeld, Hauptbahnhof (Abfahrt), 6:10 Uhr Neuss Hauptbahnhof (Ankunft).

Von Neuss Hauptbahnhof aus fährt alle fünf Minuten eine S-Bahn bis zu irgendeiner Haltestelle, deren Namen ich nicht mehr weiß. Um 7:00 Uhr sollen alle am Schraubstock stehen.

Am Schraubstock, während ich den U-Stahl glattfeile, bis der Haarwinkel kein Licht durchlässt, zitiere ich das Gedicht von Lâle Müldür, das ich während der Hinfahrt in einer Literaturzeitschrift gelesen habe.

„gib mir Zeit, La Luna
schau her
es ist alles weg
          alles ist weinend davon gegangen
die Wasser sind gefroren

es fällt eine Opfergabe zwischen uns, La Luna
einer von uns dreien ist die Gabe
eine dünne Linie wird am Horizont gezogen
wie eine leichte Brise
es ist viel zu spät

alle meine Sonnen verlassen mich, eine nach der anderen
werden sie nicht mehr zurückkommen?
ein Adler springt aus meiner Stirn und teilt den Himmel in zwei
          und verschwindet
der unaushaltbare Lärm eines entfernten Rades
ertönt von irgendwo“

Eine Hand / Dinçer

Ich sitze vor der Haustür. *Na, Dinçer, wie geht's dir* ruft eine Stimme, ein großer Mann in einem schwarzen Mantel, Herr Hoeke, der Richter vom Amtsgericht. Ich fühle mich hilflos, kriege kein Wort raus, weine … erzähle ihm die ganze Geschichte, die Mahnungen, die Vollstreckungen, das gepfändete Konto meiner Mutter. *Sammle alle Papiere zusammen, ich komme morgen vorbei.* Am nächsten Tag kommt er, Mutter unterschreibt eine Vollmacht. Herr Hoeke nimmt alle Papiere, steckt sie in seinen Aktenkoffer. Mit allen vereinbart er eine Ratenzahlung, ruft die Bank an, die Pfändung wird aufgehoben.

So beginnt eine Freundschaft, ich bin vierzehn, er damals über fünfzig.

Vater erzählt ihm, dass ich schreibe. Freitags nach seiner Schicht kommt er zu uns und liest alles, was ich schreibe. Und er bringt Bücher mit: Novalis, Rilke, Eichendorff, Fried, Lasker-Schüler. Bespricht mit mir alle Texte. Er schenkt mir ein Istanbul-Buch aus seiner Bibliothek. *Dinçer, du musst diese Stadt erleben, du bist ein Dichter, diese Stadt wird dich inspirieren.*

Sieben Jahre später:

Im dritten Lehrjahr fliege ich mit meinem gesparten Geld nach Istanbul, von Istanbul schicke ich Postkarten an Herrn Hoeke, auch später. Ein Briefwechsel beginnt.

Im Jahr 2001 schreibt er mir. *Dinçer, deine Zeit kommt langsam, du musst vor Menschen lesen, die müssen deine Gedichte hören.* Er überzeugt den Bibliothekar in Nettetal, der jedes Jahr Elke Heidenreich und Martin Walser in seinem Programm hat. Eine Lesung wird organisiert, Herr Hoeke macht die Pressearbeit. Die Stadtbibliothek ist voll, sehr viele Menschen, viel zu wenig Stühle. *Die Kollegen können auch im Stehen zuhören* sagt Herr Pahnke (der Magazin-Mann im Werkzeugbau). Die Kollegen (harte Männer) von der Fabrik geben ihre Stühle an die anderen Gäste weiter. Ümit spielt Saz, Irene Violine. Dinçer liest seine seltsamen Texte.

Am nächsten Tag kommt Herr Hoeke mit Zeitungen. Die Rheinische Post schreibt: „Gedichte zum Umarmen ... in Zukunft wird dieser junge Mann noch viel zu sagen haben."

Die Westdeutsche Zeitung formuliert es ein bisschen witziger: „Jedes Jahr gibt Nettetal mit Martin Walser, Elke Heidenreich in der Werner-Jaeger-Halle an, wird das nicht langweilig? Endlich konnte man gestern Abend eine junge Stimme hören, die viel spannender klingt."

Die Figur Hans Hoeke gibt dem schweigenden Märchen eine Hand, das Märchen beginnt, seine zukünftige Stimme zu suchen.

Pierburg in Nettetal: Das Wunderland der Gastarbeiter / Dinçer

Später fragten mich Menschen, wo Nettetal liege. Die kürzeste Antwort war: vor der niederländischen Grenze bei Venlo, genau da, wo es die meisten Marihuana-Oasen gibt. Nettetal wurde meinem Vater empfohlen, denn damals gab es hier die größte europäische Teppichfabrik, dazu Schuhfabriken, Gießhallen. Papas Antrag wurde genehmigt, ihr seid nach Nettetal gekommen. Er trat eine Stelle in der Teppichfabrik an, du in der Schuhfabrik. Ich habe unser Dorf einmal so beschrieben, würdest du Nettetal auch so beschreiben?

Die Reiseführer lügen, hemmungslos! In jedem Nettetal-Prospekt werden die Seen, die ländliche Idylle, die Wälder mit ihren bezaubernden Grüntönen und die Wanderwege vorgestellt. Eine Stadt für Geist und Körper, ein Erholungsort mit zwölf Seen. Wer aber durch einen der Stadtteile wie Lobberich fährt, der sieht, dass die Reiseführer ein Abklatsch, ein Leuchtschild einer Revue sind. Mitten in der Stadt, hinter der Burg Ingenhoven, steht immer noch das riesige Gebäude, das in den Siebzigern ein Anziehungspunkt für viele Gastarbeiter war. Zuerst trug es den Namen Rokal, dann Pierburg. Diese Fabrik an der Robert-Kahrmann-Straße hatte sich nach dem Zweiten Weltkrieg vor allem auf die Produktion von Vergasern spezialisiert. In Reiseführern wird in einer kleinen Spalte nur das Weltunternehmen Niedick erwähnt, was seit Mitte des 20. Jahrhunderts Samt herstellte und das seit 2003 nicht mehr existiert. Samt hat einen romantischen Klang, wie Berge, Wälder, Seen, zumindest klingt es romantischer als Vergaser für Kriegsfahrzeuge. Diese und andere Teile für Hubschrauber und Panzer wurden bei Pierburg gegossen und montiert, für die Bundeswehr, für Hollywood-Land und für die

Sultane in Katar. Nur das Wirtschaftsministerium war stolz auf die Perle Nettetal, umgeben von Wäldern und Seen.

Um die zweitausend Menschen arbeiteten in den Montagehallen, die Maschinen piepsten, knackten 24 Stunden lang, am großen Tor standen die LKWs, entweder zum Abholen der Ware oder zum Liefern des rohen Stahls. Während des Schichtwechsels um 14 Uhr kam es zu einer Menschenflut, in der Firma, in der gesamten Stadt. Die Arbeiter betraten oder verließen die Fabrik, lange Schlangen an der Stempeluhr. Drei Wege gab es, die zu der Fabrik führten, der Weg durch den Ingenhovenpark wurde wegen seiner Breite von vielen für ideal gehalten.

Während die Bankiers, die Kaufmänner der Stadt, auf der Terrasse der Ingenhoven-Burg ihr Rotbarschfilet mit zwei gekochten Kartoffeln, dekoriert mit Schnittlauch, in Speiseglocken serviert bekamen, liefen die Arbeiter mit hängenden Schultern am Efeuzaun vorbei.

Viele von ihnen standen immer wieder vor der Speisekarte am Burgtor und schüttelten angesichts der Preise mit dem Kopf. Mit dem Geld für ein Fischfilet mit zwei gekochten Kartoffeln könnte man bei Aldi einen ganzen Einkaufswagen füllen. Pierburg wurde 1984 von Rheinmetall aufgekauft, ab da nahm die Zahl der Arbeiter rapide ab. 2013 wurde zuerst die Gießerei, danach der ganze Betrieb nach Neuss verlegt. Wenn man heute an dem Gebäude vorbeigeht, hört man immer noch das Piepsen, das Knacken der Maschinen, die Hektik der Arbeiter und Arbeiterinnen, das Ticken der Stempeluhr und den Wind, der durch die leeren Montagehallen zieht. In Reiseführern bewirbt sich Nettetal mit schimmernden Seen, grünen Wäldern, mit guter alter deutscher Küche, Fleisch vom heißen Stein in der Speiseglocke, ein Anziehungspunkt für Touristen, die im eigenen Land die vollkommene Idylle suchen.

Und es gibt die Südsee-Bar, über die in keinem Reiseführer berichtet wird:

Fast in allen Grenzgebieten Europas ist die Landschaft mit einem „Schweigen" bedeckt. Man spürt die verschwiegenen Taten, die pochenden Adern, Rituale, die nach besonderen Regeln ausgeführt werden. In Clubs, Bars, Kneipen, Raststätten, in Duschkabinen der Tankstellen. Auch Nettetal will dieses Tabu nicht brechen.

Die drittletzte Ausfahrt auf der Autobahn A61 vor der holländischen Grenze führt zum Stadtteil Lobberich in Nettetal. Rechts geht es in die Innenstadt und links steht hinter drei, vier Tannenbäumen ein weißes Haus, fast unsichtbar, trostlos, wie eine Flasche ohne Barcode auf dem Recyclingautomaten. Drei Häuser weiter befindet sich der Gemüsehof Heymann, hier holen die Menschen, meistens nach einer Fahrradtour, ihre Erdbeeren, Pflaumen oder Spargel, alles frisch vom Feld. Die Erwachsenen fahren die Strecke, ohne den Blick nach rechts oder links zu werfen, besonders die Männer wissen, dass die Neugier auf dieser Strecke zu einer kleinen Krise in der Ehe führen kann. Im Garten des weißen Hauses liegen nämlich Aphroditen mit nacktem Oberkörper in der Sonne und erholen sich von der Nachtschicht. Jeden Abend um 20 Uhr verwandelt sich hier alles. Der Stab der guten Fee zaubert aus einem trostlosen Quadrat eine Lust-Oase, das Neonschild beginnt zu leuchten.

SÜDSEE-BAR
Hier bläst nicht nur der Wind
Herzlich Willkommen

Autos aus anderen Städten, LKWs aus anderen Ländern werden auf dem Feld hinter dem weißen Haus geparkt. Während sich die Provinz in die Nachtruhe zurückzieht, beginnt hier eine Orgie. Geschäftsmänner, Familienväter, wortkarge LKW-Fahrer finden eine andere Garderobe, legen ihre irdischen Rollen ab und tauchen in eine befristete Glitzer-Welt.

Morgens, wenn die Provinz wieder zu einem neuen Tag aufwacht, ist der Zauber längst erloschen. Vor der Tür der Südsee-Bar sieht man die Putzfrau, die Griechin Sofia, in ihrem Kittel den Boden kehren. Der Betreiber bestückt den Kondomautomaten im Seitenflügel, der Getränkelieferant schleppt Kisten durch die Hintertür in das weiße Haus. Dieser eigene Kosmos in Nettetal legt sich wieder zur Ruhe, die Nettetaler sprechen darüber nicht. Der obszöne Fleck der Stadt wird von Einheimischen mit „Schweigen" bedeckt.

Dank der Südsee-Bar habe ich von dir mal ordentlich eine geklatscht bekommen! Diese Geschichte habe ich später immer lachend meinen Kindern erzählt. Ich war noch in der zweiten Klasse, als du mir den Auftrag gabst, zwei leere Erdbeerkisten zu Heymann zu bringen. Beide hinten auf den Träger gepackt fuhr ich los. Kurz vor dem Bauernhof hörte ich zwischen den Tannen lachende Stimmen. Meine Neugier war wieder mal groß, also lenkte ich das Rad zur Seite und steckte den Kopf zwischen die Tannenzweige. Ich sah jede Menge nackter Frauen, die sich eincremten, in der Sonne lagen und sich gegenseitig schmutzige Witze erzählten. Ich erinnerte mich an die Zeit mit euch in einem Heilbad in der Ägäis. Im Sommerurlaub in der Türkei hatte Papa dich, die beiden Großmütter, Aynur und die Tanten zu einem Heilbad gefahren. Ich sollte bei euch bleiben, um die Einkäufe und andere Botengänge zu erledigen, fünf Tage lang. Ihr wart fünf Tage lang fast nur nackt, seid von einer Wanne in die nächste gesprungen. Das Wasser dort sollte heilende Kräfte haben, hatte man euch erzählt. Also dachte ich mir, solch heilendes Wasser gäbe es wohl auch in Nettetal, sonst gäbe es ja keinen Grund, dass diese Frauen nackt dalagen und im Pool schwammen. Ich gab die Kisten schnell bei Heymann ab und fuhr wie der Überbringer einer weltbewegenden Nachricht nach Hause. Du standst an der Theke und trocknetest die Gläser ab.

Muuutteeeeeer, weißt du, vor Heymann gibt es auch ein Heilbad, da kannst du auch baden, wenn du Schmerzen hast.

Woher weißt du das?

Ich hörte Stimmen und hab reingeschaut. Die Frauen waschen sich, trinken, tragen Salben auf, wie ihr in der Türkei, und alle sehen aus wie neugeboren. Bei denen sitzt aber noch alles ordentlich, nichts hängt von der Seite!

Und klatsch!

Steck deine Nase nicht überall rein, jetzt ab nach oben! Ich verstand nicht, warum du mir eine Ohrfeige gabst, fragte auch nie danach. Woran ich mich erinnere, ist, dass ich dir lange Zeit nicht ins Gesicht schauen konnte. Erst nach Jahren verstand ich, worum es damals ging.

Als kleine Rache habe ich über euch Blubber-Girls ein Gedicht geschrieben. :))))

Blubber-Girls

ich, Bruder, Mama, die 6 Tanten und die beiden Omis sitzen
in der halbwegs rollenden Karosserie
Papa fährt uns alle durch die vereinsamten Dörfer
zu einem Thermalbad
am Rücken des Bergs
das heilende Wasser soll dem zusammengeschraubten
Körper meiner Mutter guttun
eines der Kinder wird hier bleiben,
es kann die Handtücher bereithalten
und den Einkauf erledigen
die Cleopatra will es so
der Bruder wehrt sich, ich bleibe
die Zeit verbringe ich mit den Blubber-Mädels
die Warzen zwischen den Schenkeln
die Pobacken unter den Fersen
nach 5 Tagen kommen Papa & Bruder mit der
halbwegs rollenden Karosserie
und fahren Mama, die 6 Tanten, die beiden Omis
und den kastrierten Dinçer wieder nach Hause

Die bezaubernde Cevriye / Dinçer

Freitags fuhr ich mit Papa nach Viersen, dort gab es einen Kiosk, der von einem Türken betrieben wurde. Hinter dem Zeitungsregal hing ein schwarzer Vorhang und hinter diesem Vorhang lagen auf mehreren Tischen Videokassetten, eine große Auswahl des türkischen Kinos. Drei Filme durfte ich auswählen, zwei für die Kneipe, einen für dich. Als Allererstes fragte ich den Mann immer, ob er einen neuen Film mit Türkan Şoray bekommen hätte. Türkan Şoray, die von ihren Fans *Sultan* genannt wurde, war auch deine Lieblingsschauspielerin. Ihr tiefer, verletzlicher Blick, ihre langen, pechschwarzen Haare, ihre pfeillangen Wimpern und die fleischigen Lippen hatten sie seit Ende der Fünfziger zur Primadonna des türkischen Kinos gemacht. Wie oft hast du dir Die Schönheit im Café angeschaut, ihr folkloristisches Kostüm bewundert. In einem anderen Film steht sie in einem glitzernden Kleid mit tiefem Ausschnitt da, schaut in die Augen ihrer heimlichen Liebe und spricht mit gesenkten Wimpern *Was Liebe bedeutet, habe ich mit diesem Lied gelernt. Wenn man alles besitzen möchte, verliert man eines Tages alles …* und singt *Wie konnte ich dich nur nicht lieben, mein Dunkeläugiger.*

Der naive Glaube an die unendliche, bedingungslose Liebe, an die schönen Zeiten, an ein sorgenfreies Leben war besonders in deiner Generation sehr ausgeprägt. Dieser Glaube war vielleicht auch die einzige Säule, woran sich die Menschen aus dem Armuts-Arbeitermilieu festhalten konnten. Obwohl diese Wünsche jeden Tag wie die tausend Scherben eines heruntergefallenen Glases auf dem Boden herumlagen, wurde diesen Wünschen nie der Rücken gekehrt. Diesen Glauben sah ich auch in deinen glänzenden Augen, wenn Türkan Şoray die

Lieder deiner aufgeschobenen Wünsche sang, wenn sie trotz allem gegen das Unmögliche ihren Kopf hob, offen und stolz ihre Wunden in die Gesichter der Männer schrie, die beim Warten auf das ewige Glück nicht das gleiche Durchhaltevermögen besaßen. Jedes Mal blühte ein Schmunzeln in deinem Gesicht auf, wenn *Sultan* in dem Film Die bezaubernde Cevriye vor einer Bedrohung ihren Rock hob, das Butterflymesser aus den Strapsen zog und die Klinge gegen einen kahlköpfigen Macho schwenkte. Am Ende der Szene beruhigte sie sich wieder und sang mit ihrer sanften Stimme …

„In der Wache hängt der Spiegel, der Spiegel
auf deinem Arm das Brandmal, das Brandmal
Deine Augen verraten dich, Cevriye, die Qual
Du bist der dunklen Liebe verfallen

Ich bin der Sand der Meere, der Meere
Ich bin die Schuppe der Fische, der Fische
Öffne deine Knöpfe, Cevriye, hier bin ich
Ich bin auch nur ein Wesen Gottes“

Auch du fühltest dich während dieser Szene unbesiegbar. Dein Rücken war gerade durchgedrückt, dein Blick wurde klarer, deine Augenbrauen nahmen die Form eines kräftigen Möwenflügels an. Es waren auch Glücksmomente für mich, dich so zu erleben. Diese Augenblicke erzeugten mehr Begeisterung in mir als die Momente an der Autorennbahn unter meinem Bett. Jahre später stand ich an einem kalten Morgen am Bahnhof Krefeld, in der Tasche meinen Wegbegleiter: den Walkman. Aus dem Rucksack nahm ich eine unbeschriftete Kassette, um mal hineinzuhören. Nachdem ich auf die Playtaste gedrückt hatte, hörte ich nach einem langen Zischen diese sehr bekannte Stimme:

„In der Wache hängt der Spiegel, der Spiegel
auf deinem Arm das Brandmal, das Brandmal“

Auf der Fahrt zur Lehrstätte schaute ich aus dem kalten Waggon in die schneebedeckte Landschaft. Zwischen Wäldern, Brachen, Gärten vernebelte sich mein Blick. Ich musste an dich denken, an diesen unanfechtbar naiven Glauben deiner Generation, an den Glauben, für die Liebe das eigene Leben zu entbehren …

In diesem Nebel stellte ich mir immer wieder die Frage *Wenn man alles besitzen möchte, verliert man eines Tages alles* … Ist es wirklich so, Mutter?

Hinter der beschlagenen Scheibe warteten die Wälder, Brachen, Gärten auf den nächsten Frühling.

Verzeih mir, Mutter / Dinçer

Das Jahr 1994, den Sommer verbrachten wir wieder in der Türkei, im Dorfhaus der Großeltern. Bei einer Gedenkfeier zu Ehren der Verstorbenen ludet ihr die gesamte Dorfbevölkerung zu einem Festmahl ein. An vier, fünf Stellen im Hof lagen Haufen aus Stroh und Holz, die wurden angezündet und zuerst Eisengestelle, dann riesige Kessel daraufgestellt. Frühmorgens, noch bevor wir Kinder normalerweise aufstehen, wurde das Kalb im Stall geschlachtet und zerlegt.

Ich stand auf, kam zu euch in den Hof, über zehn Frauen hatten sich versammelt, jede hatte ihre Aufgabe. Die eine holte das Blechgeschirr vom Dachgeschoss, eine andere wusch das Gemüse für den Salat. Das Fleisch wurde im Brothaus auf einem Laken verteilt. Ich ging zur Toilette, eine Kabine aus Holz im Garten, und beim Pinkeln hörte ich das Muhen der Kuh. Mich überfiel ein Ekel. In meinem Körper breiteten sich Stiche aus, und dieses unruhige Gefühl zwang mich in den Stall. Da stand ich. Vor der Kuh. Sie schaute mich mit klingenscharfem Blick an. Meine Beine bewegten sich wie von alleine zum Tier hin. Als wir uns dann Auge in Auge ganz nah gegenüberstanden, sah ich die Rinnsale unter ihren Augen, die Kuh weinte. Wieder muhte sie, sie muhte mich an, ihre Blicke, diese Klingen jagten mir Angst und Zorn ein, ich stand wie angewurzelt vor ihr. *Jetzt wird sie mir ihre spitzen Hörner in den Bauch stechen und sich rächen* dachte ich. Der Gedanke überflutete meinen ganzen Körper mit einem Schweißausbruch und ich konnte mich nicht vom Fleck rühren. Etwas hielt mich da fest, es suchte nach nicht zu findender Gerechtigkeit. Mit einer göttlichen Erhabenheit wandte die Kuh ihren Blick von mir ab, ging auf die Knie, legte sich seitwärts auf den Boden und gab seltsame Geräusche von sich, eine Mischung aus Jaulen und Brüllen. Das Licht aus dem Fenster fiel ihr auf das Gesicht, jetzt konnte ich die schimmernden Tränen noch einmal ganz genau sehen. Dieses Bild löste ein Beben in mir aus, mein Körper zitterte, ich spürte meine Beine nicht mehr, hielt mich an der Futterwanne fest. Mit kleinen Schritten suchte ich einen Platz, wo ich mich hinsetzen konnte. Etwas anderes als Heu gab es im Stall nicht, also ließ ich mich auf einen Ballen fallen. Jetzt weinten wir beide, mein Schluchzen mischte sich in das Gejaule der Kuh. Irgendwann hörte ich deine Stimme, du suchtest nach mir. Ich traute mich nicht, mich dir zu zeigen, in die Welt, die noch vor zehn Minuten der Normalität angehört hatte, zurückzukehren. Deine Stimme wurde lauter, mein Körper fühlte sich doppelt so schwer an wie vorher, ein Aufstehen war unmöglich. Dann riefst du nach meinem Bruder, er sollte mich sofort finden, ich sollte mehr Besteck von der Nachbarschaft einsammeln. Ich riss mich zusammen und kam wieder auf die Beine. Mein T-Shirt war vom Schweiß durchnässt. Ich öffnete die Tür und betrat eine Welt, von der ich nun ganz weit weg war, eine Welt, die sich in wenigen Minuten in einen unterirdischen Kosmos verwandelt hatte, eine Welt, die kein Erbarmen kannte. Die Nacht zuvor hatte sich die gesamte Sippe auf dem Hof versammelt, Maiskolben waren im Feuer gegrillt worden. In der Dunkelheit hatte man glimmende Streifen auf den Feldern gesehen ... *Das dumme Volk* hatte Vater gesagt *statt nach der Ernte die Erde ordentlich zu grubbern, brennen sie einfach die Stoppeln ab. Tausende Tiere kommen dabei ums Leben, besonders die Schildkröten, die sich vor Gefahr in ihre Panzer zurückziehen und vom Feuer überfallen werden, es gibt Augenzeugen, die erzählen, dass die Panzer dann in die Luft gehen und platzen.* Ich hatte mir das irgendwie nicht vorstellen können, mir kam diese Darstellung ein wenig unrealistisch vor, aber jetzt, auf dieser Strecke zwischen Stall und Hof glaubte ich endlich an diese Folgen des Feuers, ich wollte in die Luft gehen und zu einem Nichts zerplatzen. Ich hatte die Gefahr erkannt. Und statt zu flüchten, zog ich mich in meinen Panzer zurück. *Wo bist du die ganze Zeit?* hörte ich dich fragen, erschreckt sah ich in deine Augen, du standst vor mir mit geröteten Wangen.

Wie brauchen noch mehr Besteck, nimm dir vom Brothaus einen Getreidesack und klopfe bei den Nachbarn an, die sollen alles, was sie haben, mitgeben, alles, sag denen, nach dem Mahl wird alles sofort gespült und wieder zurückgegeben. Mein Körper reagierte wieder wie vorher, ich konnte mich nicht beherrschen, Tränen rannen über meine Wangen.

Was ist los, hast du dich verletzt, bist du hingefallen, hat dich eine Biene gestochen? Mit jeder Frage wurde es für mich schwieriger, die Zügel festzuhalten, ich ließ sie los, aus dem Weinen wurde fast ein Heulen.

Ihr habt das Kalb geschlachtet, geh und schau dir mal seine Mutter an, sie weint, weint um ihr Kind, hört ihr das nicht? Ihr möchtet was Gutes für die Verstorbenen tun und trennt das Kind von seiner Mutter und sie weiß, dass ihr Kind geschlachtet wurde.

Und deswegen weinst du?

Ich nickte mit dem Kopf. Ich hatte erwartet, dass du mich in die Arme nehmen, mich trösten würdest, das hätte die Welt wieder geheilt. Aber ganz im Gegenteil: Wie die herrschsüchtige Olympia nahmst du die Schlange aus dem Korb und wickeltest sie um meinen Unterleib.

Dinçer, komm zu dir, das ist peinlich. Benimm dich wie ein richtiger Mann. Die Menschen hier werden dich auslachen, wenn sie erfahren, dass du um ein geschlachtetes Kalb weinst. Geh und wasch dir das Gesicht, hör auf, wie ein Weib zu flennen, blamiere mich nicht vor dem Volk, hab hier genug zu tun. Wasch dein Gesicht, nimm dir einen Sack und sammle das Besteck zusammen. Hast du mich verstanden, Ende der Rede!

So hättest du mit mir in Deutschland nie geredet, oder? Du hättest höchstens den Kopf geschüttelt, dich umgedreht und wärst weggegangen. Aber diese Worte, die in mir einen Riss verursacht haben, hättest du niemals von dir gegeben. Deine Worte waren der Beweis, dass der Mensch der Erde ähnelt, auf der er geboren ist. Da, wo wir gerade waren, hatte diese Art der Sensibilität keinen guten Ruf, der Mann war ein Mann.

So war die Regel der Steppe. Um ein Kalb zu weinen, gehörte sich nicht, es war mehr als peinlich. Die schonungslose Natur, die Selbstgefälligkeit dieser Steppe hatte auf dein Wesen abgefärbt. Vielleicht warst du immer schon so gewesen und ich hatte es aus Liebe ignoriert. So hatte ich vielleicht mich, meine Liebe zu dir, dich, das Bild meiner Mutter schützen wollen. Aber dieses Mal konnte ich den Riss nicht verhindern, der Riss lag breit und hilflos wie die Kuh zwischen uns.

Verzeih mir, Mutter, ich bin nicht der Mann, den du für eine Front großgezogen hast, verzeih mir.

Du hattest deine Prinzipien, ich meine Fragen, meine Neugier, meine Neigungen … Vielleicht deshalb werde ich für dich immer auch eine Enttäuschung sein. Je mehr du verhüllt hast, desto nackter wollte ich mich zeigen, je mehr du besitzen wolltest, desto verschwenderischer war ich mit allem. Je mehr du Wurzeln schlagen, dir ein Stück Sicherheit pachten wolltest, desto näher am Rand, am Abgrund ging ich meinen Weg. Je stärker du einen selbstsicheren Mann in mir sehen wolltest, desto mehr habe ich alles Maskuline abgelegt. So blieb ich in deinen Augen ein wenig halb, ein wenig machtlos, ein kleiner Versager! Aber nur so konnte ich meine eigene Geschichte mir in die Fasern stechen, denn ich wollte nicht nach deinem Muster mein Leben verschwenden. War bereit, dass mich das Leben mit all seinen Werkzeugen neu schnitzt, mir neue Wunden öffnet, mich bluten lässt, mir den sicheren Hafen überschwemmt. Siehst du, wie ein Verrückter schreibe ich Gedichte, wie ein Wahnsinniger gehe ich auf die Bühnen, lese meine Texte vor, ich erlaube es dem Leben, mich in unterschiedliche Formen hineinzusetzen, egal, wie peinlich, wie albern es aussieht!

Ich suche immer noch meine eigene Sprache, das Gefundene stelle ich wie Sperrmüll auf den Bordstein, gehe nochmal raus, auf die Straßen, durch die Nacht, suche was Neues … Heute bin ich Vater von zwei Kindern, habe einen Verlag gegründet, putze Klinken, versuche wie Walt Whitman, Gedichte zu verkaufen, bleibe immer im Minusgeschäft. Aber es war meine Wahl, ich habe mich dafür entschieden und weigere mich, mich bei anderen dafür zu entschuldigen. Ich will diesen Wahnsinn vertreten. Wenn ich es nicht täte, würde ich alles verraten, was ich auf diesem Lebensweg in meinem Beutel gesammelt habe.

Du warst mein verlorener Mann / Fatma

Du solltest beim Opferfest das scharfe Messer halten, das dein Vater nie halten konnte, du solltest in die Moschee gehen und die Stirn auf den Boden legen, wozu ich deinen Vater nie überreden konnte, du solltest das Geld sparen, Häuser kaufen, Geschäfte machen, wozu dein Vater nie fähig war, ich habe mein ganzes Leben lang seine Schulden abbezahlt, du solltest einfach der Mann sein, der mir gefehlt hat, entschieden, kräftig, geschäftstüchtig, das war mein einziger Wunsch, war es zu viel verlangt? Weißt du, wie glücklich ich war, als ich dich in der Firma im Blaumann sah, du hattest eine Feile in der Hand, wie ein richtiger Mann, warst einer von uns, ein Arbeiter. Die schönsten Momente in dieser Zeit waren für mich die Morgenstunden, aufstehen und für dich das Brot schmieren. Wie gern hätte ich es auch für deinen Vater gemacht, er lag immer noch im Bett, in tiefem Schlaf, wenn ich das Haus verließ. Ich stand allein im Leben, allein mit all diesen Rechnungen, Mahnungen, mit alltäglichen Sorgen, mit schlaflosen Nächten. Selbst eine Glühbirne in den Leuchter, eine Schraube in die Wand zu drehen, selbst davor hat er sich gedrückt. Als Frau habe ich mir nichts anderes als ein wenig Schutz, Geborgenheit gewünscht. Du warst meine zweite Chance im Leben, du solltest die Entschädigung für das Unvermögen deines Vaters sein.

Selbst dieser bescheidene Wunsch hat kein Gehör gefunden. Kannst du dir vorstellen, Dinçer, wie beängstigend es für mich war, jeden Tag in dir die Gestalt deines Vaters zu sehen. Du hast zwar gearbeitet, aber deine zurückgezogene Art, dein isoliertes Leben mit deinen Büchern … Alle deine Kameraden waren in einem Sportverein oder in der Kneipe, aber du hast die ganzen Abende am Tisch gesessen, hast aus Zeitungen

Star-Bilder ausgeschnitten, hast in dein Heft geschrieben, mir war das alles fremd. Und dich zu sehen, wie du um ein Kalb trauerst, war für mich wie ein Schlag ins Gesicht. In dem Moment wusste ich, auch als Mutter hatte ich versagt, ich hatte dich nicht zu einem richtigen Mann erziehen können. Für solche Sensibilitäten wie deine gibt es im wahren Leben keinen Lohn, du wirst immer als haltlos, als Nichtsnutz angesehen werden, wirst bei jeder Gelegenheit niedergemacht werden. Achtung und Vertrauen wird man dir nie schenken, dafür ist dein Wesen zu schwach. Du wirst es schon am eigenen Leib spüren, wirst leiden. Als Ausländer, Gastarbeiterkind hast du schon als Verlierer angefangen. Mit Aktien, Eigentum, Sparbuch und als gestandener Familienvater hättest du der Welt zeigen können, dass du nicht kleinzukriegen bist. Und was machst du, als ob das Lesen, Schreiben nicht schlimm genug wären, willst du noch ans Theater. Meldest dich für einen Theaterkurs in Köln an. Meine Pflicht als Mutter ist es, dich immer wieder daran zu erinnern, wer du eigentlich bist, du bist ein Arbeiter, verstehst du mich, ein Arbeiter, diese Menschen, die keine Ahnung von Mühe, keine Sorgen mit Geld haben, werden dich niemals aufnehmen, so wirst du in eine zweite Fremde in der Fremde einziehen und wirst für immer verloren, unglücklich sein, und wer soll dir dann die Hand reichen, ich werde auch nicht jünger. Eines Tages, wenn du auf dich allein gestellt sein wirst, wirst du deine Mutter besser verstehen, du wirst noch lange an meine Worte zurückdenken. Obwohl alles so einfach sein kann, nimmst du die steile Treppe, verleugnest deine Pflichten im Leben.

Mutter, hör bitte auf, bitte, ich kann es nicht mehr ertragen …

Nein, ich werde nicht schweigen, ich habe genug geschwiegen, seit ich das Haus deines Vaters betreten habe, schweige ich, weine kalte Tränen und keiner hört mich. Jetzt aber will ich nicht schweigen, ich habe dich geboren, ich habe dir ein Leben geschenkt, und du willst es nicht schätzen, treibst deine Seele ins Belanglose, lass mich jetzt wenigstens meine Enttäuschung, meine Wut zur Sprache bringen. Was bedeuten schon diese Worte, wenn ich an deine Zukunft denke. Für dich wird es viel bitterer sein. Ich habe vieles verloren, wenigstens dich will ich behalten.

Lass mich gehen, Mutter, bitte, löse diese Zügel von meinem Hals …

Nein, du wirst nicht gehen, du wirst hier bleiben, ich habe dich geboren, du bist ein Kind von meinem Blut, du bist all das, was dein Vater nicht vorweisen konnte. Du bist meine zweite Chance im Leben, alles andere wäre ein Verrat, verstehst du mich, Dinçer verstehst du mich …

Nein!

Lila Blüten / aus einem Traum

Tu mir das bitte nicht an, Mutter … Siehst du nicht, ich liege hier wie ein müdes Tier und höre das Brennen der Wälder, überall brennt es … Bitte, Mutter, tu mir das nicht an …

Siehst du nicht das Geschwulst der Vergangenheit auf meinem Rücken, die Schnittwunden auf meiner Brust, wie lange soll ich das noch mit mir tragen?

Ich wollte dich verstehen, ich wollte dir näherkommen und fiel dabei immer tiefer in den Brunnen, so tief, dass manchmal kein Lichtstreifen mehr zu sehen war. Dich wollte ich entlasten, nun spüre ich eine Fracht in mir, die unmöglich zu tragen ist. Darüber zu schreiben, versetzt mich in Scham, aber ich muss darüber schreiben, es gibt keinen anderen Ausweg mehr. Als Kind habe ich mir oft deinen Tod vorgestellt, hab mich unter der Treppe versteckt, überlegt, wie es weitergehen kann, wenn du stirbst. Hab stundenlang still in dieser Kammer geweint, mich dort versteckt, wie ein Eichhörnchen, das von einem Marder verfolgt wird, habe um deinen halluzinierten Tod Trauer gehalten, alle Suren, die in meinem Gedächtnis geblieben waren, wiederholt. Hast du das alles gesehen, Mutter? Du hattest nun einen Komplizen, der dir ein Stück Last abnehmen wollte, hast du es gesehen, wie oft ich darunter erstickt bin? Diese Hilflosigkeit verbreitete Wut in meinem Gewebe, die nicht mehr ausgeschabt werden konnte. *Ich bin dein Sohn, dein Henker …*

Ich hätte nie den Mut gehabt, dich so im Stich zu lassen und mich davonzumachen, deshalb wäre es einfacher gewesen, wenn du gestorben wärst, ja, so dachte ich, und habe mich dabei nie schlecht gefühlt. Die Vorstellung, ein Leben ohne dich zu führen, erleichterte meine Seele, meinen Körper, meine

Träume. Habe mit allen Sünden, Schandtaten einen Prozess durchgezogen, dich verurteilt, mich freigesprochen. Die ganze Vergangenheit sollte mit einem Strich gelöscht werden, einen Neubeginn habe ich mir gewünscht, streunte wie ein Hund durch die Straßen, bin in Busse und Züge gestiegen, fuhr nach Berlin, nach Istanbul, habe lange Zeit in Sex-Kinos verbracht, habe beobachtet, wie Familienväter sich gegenseitig die Schwänze lutschten, das Ficken in versifften Räumen habe ich verfolgt, mich in Gay Saunen in Orgien positioniert, in den Morgenstunden noch die geöffneten Kneipen besucht, habe mit Besoffenen Gespräche über belanglose Dinge geführt, auf den Bänken in Cruising Arenas mir das Stöhnen, das sich zwischen den Bäumen aufbäumte, angehört. Alles an Liebe, Neigung, Treue wollte ich aus meinem Leben wischen und dem Animalischen näherkommen. 1997 hab ich mein gespartes Geld in die Tasche gesteckt, bin nach Istanbul geflogen, dort habe ich ein Bett in einem Künstleratelier gefunden, doch mehr als Künstler lebten hier Transvestiten, Schmuggler, Huren, Zuhälter, Kopierer … Um ein wenig Geld zu verdienen, saß ich mit am Computer und habe Porno-DVDs kopiert, die ab 20 Uhr von dunkelhäutigen Kollegen in den dunklen Straßen von Pera vor Moscheen, Synagogen verkauft wurden. *Die Schmutzigsten verkaufen sich am besten* sagte der Kollege, also haben wir die Schmutzigsten oft kopiert. Die Menschen suchten für eigene Abgründe die passenden Bilder, diese haben wir geliefert. In dieser Zeit habe ich mich auch mit Fischern und Taschendieben befreundet, mir ihre Geschichten angehört. Ich wollte in meinem Leben mehr als die Geschichte des *guten Sohnes.* Eine eigene, meine Geschichte schreiben. Heute noch sitze ich skeptisch vor meinen Zeilen, frage mich, ob mir das gelungen ist. Schreibe Gedichte, die keine Gedichte sind, beginne mit Romanen, die ich nach ein paar Tagen als gekünstelt empfinde, stelle meine Sprache immer wieder unter Verdacht. Auch in neuen Abschnitten im Leben nehme ich die Last, die ich von dir geerbt habe, auf meine Schultern. Wenn ich dir das alles erzählen würde, würdest du wahrscheinlich deine Augen senken, vieles davon nicht verstehen. Vielleicht mir den Vorwurf machen, dass dies alles nur selbstgebastelte Probleme sind. Hier werden wir nicht mehr auf einen Nenner kommen, dafür habe ich die Unschuld längst verloren. Wie Großmutter vor Jahren auf einer Pferdekutsche alles an Heimat, Besitz, Beziehungen verloren hat, das Gleiche wünsche ich mir. Wie du dich nach deiner Einreise in Deutschland verloren gefühlt hast, so will ich mit meiner Geschichte auch beginnen. Ich möchte allen fremd bleiben, die von Sicherheit reden, für diese Welt habe ich keine Zugehörigkeit übrig. Das alles denke ich, versuche meine Gedanken umzusetzen und stolpere immer wieder über deine gesenkten Augen, die mich aufhalten. Diese Blicke, diese stolzen, vor Dürre gespaltenen Blicke, auch dir hängt ein Hasenkadaver zwischen den Zähnen, sein Blut tropft auf deine Arbeitsschürze, ein paar lila Blüten leuchten auf dem Stoff.

Mutter, warum tust du mir das an? Bitte, siehst du nicht, wie mich die Angst in ihre Faust nimmt? Ja, ich habe Angst, Angst um ein verpasstes Leben, Angst um meine Sprache, Angst, dass ich nie meine eigenen Gedichte schreiben werde. Angst, die geliehene Zeit in Wartezimmern abzusitzen.

Wie oft war es mein Wunsch, dass diese Welt ihr Gedächtnis verliere, dass diese Fluchtgeschichten, diese Haltlosigkeit der Menschheit für immer in Vergessenheit geriete. Reißt alle Krankenhäuser ab, so dass keiner mehr diesen Anästhesie-Geruch in die Lunge einatmen muss. Noch mehr … Alle Patienten auf Intensivstationen sollen sterben, auch alle Hilfsbedürftigen, damit der Rest der Menschheit von seinen Schuldgefühlen befreit ist, damit die auch endlich beginnen, ihr eigenes Leben zu leben, damit alle den Ausgang aus diesem Labyrinth finden, damit niemand ratlos vor diesen lila Blüten auf Arbeitsschürzen stehen muss.

Während ich solche Wahnvorstellungen hatte, schaute ich mir viele Kriegs- und Nachkriegsfilme an: menschengefüllte Waggons, die Arbeitslager, die Gaskammern, alle, die schwach, nutzlos, anders waren, wurden hier entsorgt. Videokassetten mit Tier-Dokumentationen habe ich abgespielt, auf dem Bildschirm, Mutter, sprangen die Gazellen von dem steilen Ufer in den Mara, in dieses schlammige Gewässer. Viele wurden von spitzen Zähnen in die Tiefe gezerrt. Die letzte Sekunde über der Wasseroberfläche, dieser verschattete Blick der Gazellen … dieser Blick hat sich hinein in meine Nächte gestochen … er tat mir weh. Die Keksreste im Mund spuckte ich in ein Tuch, brüllend habe ich geheult. Wie ich mich für meine Gedanken geschämt habe. Bin dann in die Wälder gelaufen, habe nach Bambi gerufen, Bambi wurde zu einem Pseudo-Freund, wir waren mit der gleichen Verwirrung ausgestattet. Auch dich habe ich gefragt, warum du nicht vorsichtiger warst, warum du dich vor die Waffe des Jägers gestellt hast. *Aus Fürsorglichkeit* wirst du bestimmt antworten, aber du siehst, wohin es geführt hat.

Ich habe versucht, diese brennende Wunde mit Gedichten von Whitman, Paz, Brasch, Kafavis zu lindern. *Es gibt keinen neuen Weg, es gibt keine neue Stadt* schreibt Kafavis, da verstehe ich, ich werde hierbleiben müssen. Weiterhin wird das Blut auf den blauen Stoff tropfen … Weiterhin werden Hoffnungen hinter lila Blüten versteckt.

Mutter, ich bin allen fremd, die von ihrer Heimat reden / Dinçer

So oft hab ich mir gewünscht, in einem Glauben oder an einem Ort Wurzeln zu schlagen. Aber dein Wind hat auch mich gepackt. Mit dem Alter weiß ich, es gibt kein Entwischen mehr. Nun bin ich auch ein Bürger keines Landes, keiner Religion, und der Boden unter meinen Füßen wird immer eine klar definierte Geographie verfehlen. Vielleicht ist es gut so, wer weiß. Mit der Grundschule habe ich auch die Moschee besucht, die arabische Sprache gelernt: Der größte Wunsch von Oma war, dass aus mir eines Tages ein Hodscha wird. Drei andere hatten mit mir über Monate hinweg den Koran gelesen, ohne ein Wort verstanden zu haben. Man lernte zwar das arabische Alphabet, über die Bedeutung der Wörter wurde aber kein Wort gesprochen. Im Jahr 1993 gab es hier in der Nettetaler Moschee eine Abschlussfeier, bei der Oma im großen Saal vor Hunderten Menschen auf mich zukam und mir ein Goldarmband schenkte, eine gelungene Show. Es war das Goldarmband, das du mir ein Jahr zuvor im Sommer in der Türkei gekauft hattest. Ich hatte es dir einen Tag vor der Feier gegeben und einen Tag später vor der ganzen Gemeinde wieder geschenkt bekommen. Diese Inszenierung passte exakt zum gesamten Rahmen: die beseelten Blicke der Menschen, die schönmalende, maßlos übertriebene Rede vom Hodscha, fast hätte er uns als die Propheten der Zukunft ausgerufen. Ein paar Jahre ging es so, ich konnte fast alle Suren auswendig. Wusste aber längst, in all diesen gestellten Zeremonien will ich nicht mehr die Marionette spielen, zwischen mir und Gott war eine kaputte Brücke.

In den Sommerferien in der Türkei war ich der Deutsche, doch dahin gehörte ich auch nicht. Und in Deutschland? Dazu kann ich heute noch nichts sagen, auch hier, zwischen mir und dem Land, ist die Brücke kaputt. Zu oft habe ich versucht, mich wie zu Hause zu fühlen, oft klappt es nicht. Die Situation in der Fabrik habe ich ja schon beschrieben. 1998 besuchte ich einen Theaterkurs in Köln, wir wurden in zwei Gruppen aufgeteilt, ich gehörte zur Sonntagsgruppe. Mein Sprachfehler brachte die Kurs-Kameradinnen und -Kameraden immer wieder zum Lachen. Das scharfe R konnte ich nicht rollen. Als Kind fand ich es noch amüsant, wenn die Leute mich deshalb auslachten, als Jugendlicher schämte ich mich dafür. In meiner Gruppe waren viele Studentinnen und Studenten, in den Pausen haben sie von ihrem Studium, ihren Zukunftsplänen erzählt, es war ein neues Milieu für mich. Ich hatte natürlich nicht viel zu sagen, mich interessierte auch mehr, welche Pläne andere hatten, es wurden Berufe genannt, von denen ich noch nie etwas gehört hatte. Nach kurzer Zeit hatte ich doch ein gutes Gefühl in dieser Gruppe, ich wurde aufgenommen, zusammen haben wir Festivals, Ausstellungen, Kinos besucht, über Werke, Filme, Theaterstücke diskutiert. Mein Selbstvertrauen erreichte ein neues Level. Einmal verpasste ich den Zug und Şebnem hat mich mit zu sich genommen, ich durfte bei ihr übernachten, habe mich schnell auf einen Dreisitzer gekrümmt. Sie kam in ihrer Unterwäsche zu mir, fragte, ob ich nicht mit ihr in ihrem Bett schlafen möchte, ich fühlte mich wie zwischen zwei Spannbacken, konnte kaum atmen, hab nur mit dem Kopf geschüttelt. *Ich habe es schon vor langer Zeit geahnt, dass du schwul bist!* Und lachend ging sie in ihr Zimmer zurück. Vor Kälte bibbernd lag ich weitere zwei Stunden auf dieser Couch, danach stand ich auf und lief noch vor der Dämmerung um 4 Uhr zum Bahnhof. In den letzten Monaten war es sowieso schwierig für mich gewesen, jedes Wochenende ein Zugticket zu kaufen. Im

Sommer konnte ich ja noch bei den Bauern ein wenig Geld verdienen, das Gesparte war dann aber bis zur Mitte des Winters ausgegeben. Diese zwei Gründe reichten aus, diesem Abenteuer die Kugel zu geben. Was ich vor ein paar Jahren, am Anfang meiner Lehre von Fabrikarbeitern zu hören bekommen hatte, sagte mir jetzt eine Studentin der Kunsthochschule, im gleichen Ton. *Die Bildung spielt oft keine Rolle, der Mensch ist immer dazu fähig, wenn seine Erwartungen nicht erfüllt werden, das Skalpell durch das Fleisch seines Gegenübers zu ziehen.* Diese Verletzlichkeit in mir sollte mich auch in späteren Jahren begleiten, in anderen Theatergruppen, Literaturkreisen … Was am Anfang immer wie ein unermessliches Universum erschien, verwandelte sich in kürzester Zeit in ein enges Ghetto, die Spielregeln blieben fast immer gleich.

Wie es meine Natur ist, war das Finden der eigenen Sprache ein langer Prozess. In der Tasche bewegten sich zwei Sprachen, aber waren es auch wirklich meine Sprachen? Ich wollte meine Gedanken, Gefühle so formulieren wie Dinçer, alles vergessen und etwas Neues erfinden. Hier kommt die Dichtung ins Spiel. Dazu werde ich später schreiben, vielleicht auch nicht … Das Schreiben hat mich gelehrt, dass es doch möglich ist, die Hülle zu vergessen und nach dem Kern zu suchen. Auch wenn dieses Suchen oft Pein und Zweifel auslöst, ist es immer noch besser als mit einbetonierten Strophen zu leben.

Der Mensch, ein Knoten / Dinçer

Das Jahr 1991. Die Stadtverwaltung baut im Dorf einen Container für Flüchtlinge, etwa zehn kurdische Männer werden dort untergebracht. Der Polizist kommt in die Kneipe und fragt Vater, ob er mich als Dolmetscher mitnehmen darf, Papa stellt mich zur Verfügung. Von da an werde ich einmal in der Woche mit dem Streifenwagen abgeholt, natürlich ein bisschen stolz. Die kurdischen Männer sollen eine Liste mit notwendigen Sachen einreichen, ich führe die Liste. Socken, Unterwäsche, Herd finde ich noch okay. Dann sagt einer: Friteuse, okay, ich weiß zwar nicht, was es ist, schreibe es mit auf, ein anderer sagt: einen Lesesessel und eine Leselampe, finde ich auch komisch, aber ich bin nur der Vermittler. Der Polizist fragt mich, ob der Lesesessel in Samt oder Seide sein soll, Leopardenmuster oder gestreift, ich ahne, diese Fragen meint er nicht ernst. Ich streiche die letzten beiden aus der Liste. Schon nach zwei, drei Wochen beginnen sie untereinander zu streiten, neben dem Streifenwagen muss auch der Krankenwagen kommen, ich soll im Krankenwagen sitzen, die anderen im Streifenwagen. Wie nennt man das, Schwanz-Krieg? Der jüngste hatte mit den anderen wetten wollen, dass er als erster eine deutsche Frau in die Kiste schmeißen würde, die anderen stellten das in Frage, das Resultat waren gebrochene Zähne, aufgeplatzte Lippen. Ich wusste nicht, wie ich das alles übersetzen sollte. Nach der Entlassung liefen wir in einer Gruppe zusammen zum Container. Der Polizist kam mit seinem Wagen hinter uns her, zeigte den Männern zwei Kühe, die hinten auf dem Feld grasten. *Die da könnt ihr ficken* und fuhr zurück. So langsam begriff ich: Wo Menschen zusammenkamen, endete jede Zivilisation, jede Gerechtigkeit. Jeder kämpft um seine eigene Machtstellung.

Jahre später spielen wir im Theater ein Stück über Bergarbeiter. Es soll die Ungerechtigkeiten im Arbeitermilieu, das Unvermögen der Gewerkschaften, die Verbitterung in der Gesellschaft widerspiegeln, ich soll ein kariertes Hemd tragen, die Kostümbildnerin holt eins, auf dem Preisschild steht 150 Euro. So viel bekomme ich nicht einmal für die ganze Woche, und das Mini-Honorar deckt noch nicht einmal meine Fahrtkosten, aber ich mache mit. Als junge Ente denkst du ja, dass Ruhm und Geld hinter der nächsten Tür auf dich warten.

Als ich mit meinen Gedichten zu ersten Lesungen eingeladen wurde, vermittelte der Veranstalter als erstes, dass kein Budget für Honorare zur Verfügung stünde. Das alles bestärkte deine These, dass mein Weg kein richtiger sei. Oder vielleicht doch 50 Euro? Wir wurden auf der Bühne schön vorgestellt, die Moderatorinnen und Moderatoren sprachen in einem hochmelodischen Ton über unsere Arbeit, zum Schluss kam ein Glas Wasser und ein trockenes Dankeschön.

So, Mutter, lernt man, dass innerhalb von Minderheiten wieder andere Minderheiten existieren. Zwischen Friedenssprüchen, Predigten versteckt sich hinter dem Zaun wieder ein neues Gefecht, eine andere Art der Unterdrückung, Unterwerfung. So verstehst du, dass du allein geboren bist, allein sterben wirst. Deshalb suchst du weiter nach deiner eigenen Sprache, denn nur mit Hilfe der Sprache wirst du dich retten können.

Hier wollte ich schreiben, wie ich dich manchmal töte … Ich töte dich mit einer Begierde, schamlos. Während du atemlos auf meinem Schoß liegst, bildet sich eine neue Haut auf meinem Fleisch, die alten Fäden lösen sich auf. Mehr kann ich dazu nicht schreiben. Darf diese Seite leer bleiben?

Oder doch, ich will es doch schreiben /
Dinçer

Wie oft habe ich deinen Tod halluziniert … Im Kindergarten, in der Schule, später an der Drehmaschine. Jedes Mal blockierte ein Knoten mir die Atemwege, ich suchte nach stillen Ecken, um meine Tränen vergießen zu können. Papa sollte bitte zuerst sterben, du würdest auch ohne ihn auskommen, andersherum war mir das unvorstellbar. Über seinen Tod kamen mir ab und zu Szenen in den Kopf. In einem Traum trug ich einen Hasenkadaver im Mund. Du weißt, wenn der Jäger samstagmorgens mit einer Kiste voller Hasenkadaver die Kneipe betrat, lief ich nach oben, denn ich konnte mir diese schönen, erlegten Tiere nicht anschauen. Du nahmst immer zwei, hast in der Küche zuerst nach dem Loch im Fell gesucht und dann mit der Messerspitze die Kugel herausgeholt. So eine Beute hing jetzt zwischen meinen Zähnen, hing über meine beiden Wangen wie der Schnäuzer eines orientalischen Märchenerzählers …

Wir sind in der Türkei, im großen Haus meines Opus, im Haus riecht alles nach Naphthalin. Ich schlafe auf dem Balkon zwischen Krügen und Weizensäcken. Der Muezzin ruft das Morgengebet vom Minarett. Es ist 5:20 Uhr. Ich höre deine Schritte, höre das Krähen der Hühne. Du beugst dich zu mir und flüstert mir ins Ohr: Dinçer, kannst du mich zu deinem Vater fahren? Ich stehe auf, wasche mir das Gesicht. Du wartest schon vorne im Hof, mit deinem vergilbten Koran unter dem Arm. Wir fahren den Hügel hoch. Die Schäferhunde bellen hinter dem Auto her, die Tauben gurren auf den Telefondrähten, die Glocken der Schafe schlagen ineinander: anatolischer Steppenjazz. Nachdem wir über den Hügel gefahren sind, erreichen wir den Friedhof.

Du schlägst deinen Koran auf, beginnst mit deiner geliebten Sure Yasin: In deiner Stimme höre ich das Zittern der Glasscherben …

Auf dem Rückweg die gleiche Komposition: die bellenden Schäferhunde, die gurrenden Tauben, die Glocken der Schafe – dazu deine zitternde Stimme:

Dinçer, wenn es so weit ist, will ich neben deinem Vater begraben werden, ich gehöre immer noch zu ihm … Währenddessen ging im Osten die Sonne auf. Zwischen den Getriebegeräuschen der Dreschmaschinen lag nun deine Stimme, in deiner Stimme höre ich das Fallen der Gesteine von den Bergen.

Ich erwachte, auf dem Bauch und an den Hüften spürte ich feuchte Stellen. Dachte zuerst wieder an einen lästigen Samenerguss im Schlaf, für mich war es jedes Mal unangenehm. Ich hob die Decke und der Gestank verriet, dass es diese Mal nichts Erotisches war. Ich war wieder drei, vier, fünf … Hab wieder das Bett genässt, wie vor Jahren, als du weit weg von uns in einem Krankenhauszimmer lagst.

Die Scham um die Sehnsüchte / Dinçer

Du hast deine Sehnsüchte immer in Schweigen gehüllt, hast gedacht, so könnte dich niemand durchschauen, niemand verletzten. Du siehst, nach Jahren versucht dein Sohn, aus deinem Schweigen Literatur zu machen, grübelt, wütet, sucht, verliert … Ich habe dich fast immer unerschütterlich gesehen, am Herd, in der Fabrikhalle, auf dem Feld, in Krankenhäusern, selbst wenn du auf der Intensivstation lagst, meiner Mutter kann nichts passieren, so war der Gedanke deines Kindes. Ich habe deine stolzen Schritte auf dünnen Absätzen gehört, deine kurzen Atemzüge, den Lärm, den du bei der Arbeit gemacht hast, aber wo blieb deine Stimme, Mutter? Du warst doch bestimmt mehr als meine Mutter, wieso hast du es nicht gezeigt? Wurde es nie unerträglich, wolltest du wirklich nie den Koffer packen und die Flucht ergreifen, hast du dich nie in einer Zwinge gefühlt? Manchmal hörte ich dein leises Schluchzen am Küchentisch, manchmal dein Flüstern *Es kann immer noch schlimmer kommen, Gott soll uns davor schützen.*

Nichts war deine Antwort, wenn man dich nach deiner Abwesenheit fragte *alles gut!* War es wirklich die Gelassenheit oder die Angst, eine Pflichtkapitulation?

Kleine Glücksmomente hattest du, wenn C & A einen Sommer- oder Winterschlussverkauf hatte, dann fuhrst du hin und hast dir und uns ein paar Klamotten gekauft, mit den gesparten Pfennigen einen neuen Topf oder eine Pfanne. Ging es dir auch mal durch den Kopf, für dich etwas von der durchsichtigen Unterwäsche, die diese leblosen Models im Schaufenster tragen, zu kaufen? Oder in einem Restaurant zu sitzen, nur für dich dein Lieblingsgericht zu bestellen? Du hast dir immer Gedanken gemacht, was wir oder die Gäste essen mochten, selbst heute weiß ich nicht, was dir Freude bereiten könnte. Wie ist es, Mutter, wenn man sich mit all diesen Entbehrungen aus der Weltkarte löscht!

Jetzt erzähle ich dir mal was, aber es bleibt unter uns, versprochen? Auch die Leserinnen und Leser sollen diese Passage so schnell wie möglich vergessen, bitte!

Es war in den Anfängen meiner Pubertät. In der Nacht wurde ich wach, musste pinkeln. Vor der Toilettentür hörte ich aus dem Wohnzimmer seltsame Geräusche. Ich ging nochmal zwei Schritte, sah durch den Türspalt den Papa auf der Couch liegen, auf dem TV-Bildschirm hockten zwei nackte Frauen vor einem Mann, der seinen Schwanz wie eine Pistole gegen die Gesichter der Frauen hielt. Beide fingen an zu lutschen, zu stöhnen, simulierten eine Lust, die mir fremd war. In einem Bruchteil einer Sekunde dachte ich, dass du auch eine der beiden Frauen sein könntest, danach habe ich mich natürlich in Grund und Boden geschämt. Mit gesenktem Kopf kletterte ich wieder auf mein Etagenbett. Aber auch im späteren Alter habe ich mich immer wieder unverhofft bei diesem Gedanken ertappt, und weißt du, ich hätte es dir gewünscht, ich hätte es dir wirklich gewünscht, dich wie diese Frauen auf dem Bildschirm zu fühlen, frei von Scham, nah dieser obszönen Lust. Einmal in deinem Leben nicht die schweigende Ehefrau, nicht die aufopferungsvolle Mutter, nicht die funktionierende Fabrikarbeiterin zu sein, das hätte ich dir wirklich gewünscht. Alle Verpflichtungen, jede Moral in den Müll zu kippen und jeden, der einen Teil deines Lebens für sich beansprucht hat, zu enttäuschen, alle in die Pfanne zu hauen. Vielleicht würde ich dann heute nicht immer noch an diesem Rätsel sitzen.

Nach meiner Geburt hat Oma dich aufgefordert, dass du nun als gestandene Mutter deinen Kopf bedecken solltest, und du bist ihrer Aufforderung gefolgt. Sie war dominant, hat immer wieder über dein Leben Macht ausgeübt, deshalb fühlte ich mit ihr nie eine Verbundenheit, mehr eine Wut auf sie, und wütend war ich auch auf den Papa, der dich nicht in Schutz genommen hat, wütend auf mich, auf alle.

Einmal hast du mir erzählt, dass Papa mit einer deutschen Freundin nach Istanbul geflogen ist. Dir hatte er gesagt, dass er geschäftlich etwas erledigen müsse. Der Türke vom Reisebüro hatte dir verraten, dass er nicht allein geflogen ist. Eine normale Ehefrau würde fluchen, die Welt auf den Kopf stellen … zum Schluss der Geschichte hast du nur ein wenig ironisch gesagt *dass er mich betrogen hat, war kein Drama, dass eigentliche Traurige ist, er ist zu mir zurückgekommen und ich habe ihn akzeptiert.* Ich sehe dich wieder schluchzend am Küchentisch, deine Blicke in die Weite gerichtet, dein Pausenbrot kauend, deinen schweren Gang, die langsamen Schritte, deine hängenden Schultern.

Auch heute steht in jeder Tageszeitung, wie Familien aus diesem Grund zerfallen, dass es Mord und Todschlag gibt, Frauen sich das Leben nehmen, weil ihre Männer sie betrügen, und dann versuche ich deine Ironie zu verstehen, dein leises Schmunzeln. Vielleicht war dieses Schmunzeln dein einziger Widerstand, die Opposition gegen die Niedertracht der Welt. Für mich blieb dieses Schmunzeln das ewige Feuer, immer wenn ich ihm zu nah kam, verbrannte ich mir die Finger. Ich wollte dich vor diesem Feuer beschützen, bekam dabei selber Brandflecken, die ich endlich loswerden möchte. Hilft die Literatur? Das werden wir sehen, Mutter! Ist das Schreiben nicht auch der Zeitzeuge der Existenz, die sich immer zu wenig getraut hat?

Die Haarnadeln / Dinçer

Mal lag eine Handvoll Haarnadeln im Spiegelschrank, mal neben deinem Bett auf der Nachtkommode, mal in deiner Schürzentasche, diese Haarnadeln, immer in einem Haufen wie verbrannte Holzlatten. *Ich kriege diesen Strohhaufen einfach nicht zusammen* schimpftest du mit deinen Locken. Den Kamm hast du vorher immer in das fließende Wasser gehalten, erst dann damit die Haare gekämmt. Es war immer schön, anzusehen, wie du drei, vier dieser Haarnadeln zuerst zwischen deine Lippen nahmst und danach einzeln in das Haar stecktest. *Manchmal wünsche ich mir einfach eine Glatze* sprachst du fluchend in den Spiegel. Dieser Satz erschreckte mich immer wieder, unvorstellbar für mich, du mit einer Glatze, bitte nicht! Ich fand deine Haare immer wunderschön, tiefschwarz, gewellt, und wenn du die Haare offen trugst, sahen diese kleinen Locken wie Antennen auf dem Dach eines Wohnblocks aus. Wenn sie gekämmt waren, berührten deine Haare mit ihren Spitzen deine Schultern, nie hast du sie länger getragen. Es gibt ein Foto, da warst du erst siebzehn, mit zwei anderen Mädchen beim Schneiderkurs in Uşak, auf diesem Foto hängen deine Haare bis zu deinem Bauchnabel, wie die von Scheherazade.

Meine Haare waren mal als Zopf faustdick, schau mal, was davon geblieben ist, die muss man auffangen, sonst ist der Rest auch bald auf der Flucht flüstertest du in deinen Selbstgesprächen, aha, du willst doch keine Glatze. *Und die hier, die wissen auch nicht, wohin mit sich* da wusste ich, du sprachst von deinen Antennenhaaren. Während du diese Gespräche führtest, stecktest du weiter die Haarnadeln an verschiedene Stellen. Zwei Mal im Jahr hast du deine Haare zu einem Zopf geflochten und mir die Schere in die Hand gedrückt *so, Junge, alles, was unter dem Haarband hängt, weg damit.* Ungerne, aber gehorsam schnitt ich dein Haar ab. Eines Tages kamst du wieder mit der Schere, ich sagte, dass ich deine Haare länger schöner fände, und du gingst zurück in dein Schlafzimmer, kamst wieder mit einer Schatulle. *Hier nimm, den hier kannst du behalten, aber so lang kann ich die nicht mehr wachsen lassen, mir fehlt einfach die Geduld, wer soll denn diese Haare noch pflegen, ich hab nicht mal die Zeit, die Haare ordentlich zu kämmen.* In der Schatulle war ein Zopf, so lang, wie ich ihn bei dir noch nie gesehen hatte. *Diese Haare hatte ich aus der Türkei mitgebracht, und nach der ersten Woche Fabrikarbeit wusste ich schon, das wird nichts, so lang kann ich die nicht tragen, hab die einfach abgeschnitten, seit 25 Jahren ist der Zopf in dieser Schatulle, frag mich nicht, warum ich ihn versteckt habe, hier, du magst lange Zöpfe, den darfst du haben …* Schweigen …

Mitte der Neunziger. Zusammen im Behandlungsraum. Der Orthopäde reiht die Röntgenbilder hinter der beleuchteten Wand auf, nach diesen Bildern will er deinen Behinderungsgrad feststellen. Auf den Bildern sehen wir beide die Schienen, Schrauben … Der Arzt füllt, ohne ein Wort zu sagen, die Formulare auf seinem Tisch aus. Die Schienen, Schrauben erinnern mich an die Handvoll Haarnadeln, eine Handvoll Haarnadeln neben deinem Bett auf der Nachtkommode, im Spiegelschrank wie verbrannte Holzlatten.

Nach zwei Wochen kam das Gutachten des Arztes vom Amt, in der Mitte des Zettels stand das Ergebnis der letzten 35 Jahre.

70 %

Duett in der Notaufnahme / Fatma und Dinçer

Dinçer, werden die Ärzte mir wieder weh tun?
Und weißt du, wie alt Heidi heute ist?

Nein, Mutter, alles wird gut. Und lass uns einfach glauben,
dass Heidi immer noch acht Jahre alt ist.

Ich wollte ihr neue Schuhe schicken.

Das habe ich schon längst erledigt, glaube mir …

Das Testament der Unschuld / Dinçer

Wenn die Leute dich fragten, wann ich mit dem Lesen angefangen habe, zucktest du nur mit den Schultern. Das mach ich auch, wenn mich Menschen fragen, wann ich mit dem Schreiben angefangen habe. Alle zwei Wochen kam der Musikkassettenhändler aus dem Ruhrgebiet in Papas Kneipe. Auf dem Tisch neben dem Eingang faltete er zuerst eine schwarze Samtdecke auseinander, dann stellte er darauf die neuen Musikkassetten aus. Nichts war für mich in der Zeit aufregender, als die kitschig-dramatische Literatur dieser Kassetten zu verinnerlichen. Es waren die Achtziger, wo das Pathos Gott spielte. Sängerinnen wie Bergen, Umm Kulthum, Müzeyyen Senar, Sezen Aksu posierten mit halbgeschlossenen Augen, alle wollten cool, weiblich, sexy wirken. Die wehmütigen Titel der Lieder nach und nach abzuklappern, was das für ein schönes Gefühl war, kann man nicht beschreiben. Ich durfte fünf Kassetten auswählen und anschließend den DJ spielen, für Spieler, Alkoholiker und andere Gäste. Unerfüllte Lieben, unendliche Sehnsüchte, nichtheilende Wunden, Fremde, Blut, Hass, Intrige … Shakespeare hätte da nicht mithalten können. Im Rausch dieser Lieder habe ich mit acht Jahren mein erstes Gedicht geschrieben. Titel: Das Testament.

„Wenn ich vor meinen schönsten Jahren sterbe, soll keiner weinen.
Sagt meiner Mutter, ihr Kind war älter als die Berge,
Liegt jetzt wie eine Mohnblüte, verletzt und müde, unter Gesteinen!“

Sag ich doch, was die Tragödie angeht, ist Hamlet im Vergleich zu mir von der Light-Sorte! Dann kamen natürlich Schulzeit, Ausbildung, Bahnhöfe, etc. Dein Sohn stand auf der Schwelle.

Die eine Seite gehörte der Bohème: Bühne, Licht, Schminke, Bücher, Gedichte … Die andere Seite stand an der Drehbank vor fliegenden Spänen. Als Schüler habe ich Gedichte für die Klassenkameradinnen und -kameraden geschrieben, für die hoffnungslos Verliebten. Für Jungs habe ich mehr produziert, für ihre Hormone, die Purzelbäume schlugen, aber nicht die richtigen Worte für die Serenade fanden. Viele Poesiealben sind mit meinen Versen gefüllt. So eine Mission macht dich in der Klasse beliebt. Genau das wollte ich: Aufmerksamkeit, Liebe!

Die Gedichte von Nazım Hikmet kannte ich schon. Dann, an einem trostlosen Tag, nachdem ich zwei Stunden vor der Scheibe der Intensivstation darauf gewartet hatte, dass du die Augen öffnest, sollte ich nach Hause gehen, so wollten es die Onkels in den weißen Kitteln. Auf dem Weg nach Hause bin ich vor einer Buchhandlung stehen geblieben. Hesse schaute mir in die Augen, die Geschichte von Hans Unterm Rad nahm ich mit. Ab dem Punkt wollte mir die Literatur zeigen, dass ich mit meiner Melancholie nicht allein dastand. Frisch, Lasker-Schüler, Dostojewski, Whitman, Bukowski, Bachmann und viele andere Autorinnen und Autoren nahmen ihre Plätze in meinem Zimmer ein. Allein das Lesen genügte nicht. Die bedichteten Orte, die Charaktere suchte ich weiter im realen Leben. Irgendwann war der Traum das Reale oder umgekehrt. Die erste Flucht nach Istanbul, die Seitengassen, der Aufenthalt in Slums, Freundschaften mit Fremden, stundenlang gesungene Lieder mit kurdischen Bauarbeitern … Mit jeder Begegnung fand ich meine bisherigen Zeilen unechter. So begann die Suche nach der eigenen, einfachen Sprache. Selbst heute bin ich der Meinung, meine Poesie könnte noch direkter sein, wozu diese ganzen Floskeln?

Damals und heute war und ist mir bewusst, dass meine Texte in akademischen Kreisen kein Echo finden werden, sie werden Fetzen eines lyrischen Ichs bleiben. Mit Versen noch den Intellekt beweisen zu wollen, das erschreckt mich jedes Mal. Wenn du als Gastarbeiterkind die gesamte Jugend damit verbracht hast, deinen Lehrern, den Vorarbeitern, Dozenten etwas zu beweisen, dann steckt irgendwann diese Kerbe tief im Fleisch, und für den Rest des Lebens kämpfst du damit, die Wunde zu heilen, dich zu befreien. Das Resultat meines kleinen Widerstands: Nichts kommt auf das Blatt, was auf meiner Haut keine Spuren hinterlassen hat. Es geht nicht. Das Talent reicht bis hierhin, nicht weiter. Gedichte mit Enzyklopädiestoff unterfüttern, nach Moden handeln, der Welt zeigen, was der Türke noch aus der Rohmasse schöpfen kann, das alles hat hier nichts mehr zu suchen. Alles, was als Gedicht aufs Blatt kommt, sehe ich als Wiedergabe der Lieder, Gedichte, Bilder, die mich bis heute begleitet, betreut haben, mit dem Versuch, den eigenen Ton ins Arrangement zu mixen. Zeilen, die ihren Wert nicht in der Kunst, sondern mitten im Nabel des Alltags suchen. Deine Stimme, Mutter, die Stimme meines Vaters, die Stimmen aus der Kneipe, die Geräusche der Maschinen, sie alle haben mir ein Rohmaterial auf die Werkbank gelegt, an dem ich immer noch feile. Ob die Texte auch etwas taugen? Keine Ahnung, sie gedeihen, wo sie ihre Erde gefunden haben: in den halboffenen Blicken der Sängerinnen und Sänger, in ihren wütenden Stimmen, auf der Schwelle, vor der Scheibe der Intensivstationen, im Trost, der uns durch das Wort, durch das Schweigen neue Routen zeichnet. Das wären meine Worte, wenn ich heute ein neues Testament schreiben müsste. Was Klügeres fällt mir nicht ein. Mit meinem ersten Gedicht und meiner ersten Geschichte von meiner ersten Reise nach Istanbul werde ich auch dieses Buch beenden, Mutter.

Das Lied der Mütter über ihre geflohenen, verlorenen Kinder

Ich bin der Riss auf diesem Dach, der Gürtel dieser Wolke, das Kissen auf dieser Schwelle, der Sattel auf der Fremde, der Schleifstein dieses Messers, der Einschnitt dieses Steins … Hört ihr das Dröhnen? Hört ihr es? Dieses Dröhnen … Es füllt meine Gebärmutter mit seinen Samen, sie fruchten in mir, ich gebäre gesichtslose Kinder auf diesem kalten Boden, sie fliegen, sie enden an euren Festungen, hört ihr den letzten Atem dieser Pioniere? Hört ihr, ich bin nicht mehr ganz, mir fehlt die eine lebende Seite. Hört ihr, ich schreie mein Sehnen in die Welt hinaus. Meine Stimme, das verrostete Schloss eines vergessenen Lagerraums. Meine Stimme, weder in sich noch am Himmel findet sie ihren Platz. Mit meiner Hand streichle ich über die Bordsteine, es könnten auch seine Haare sein. Ich hätte ihn großziehen sollen, sage ich mir … Ich sage es immer wieder und jedes Mal blüht eine neue Glut auf meiner Brust. Wisst ihr, kein Kind ist erwachsen, bevor seine Mutter stirbt. Ich lebe noch … Hier, auf diesem blinden Gestein warte ich, den Teer mach ich zum Henna, den Frühling zum Winter, das Gesicht zum Laub … Wer bin ich, wem gehöre ich? Der Tiefe der Wurzeln, der Höhe des Himmels? Über meinem Kopf wehen die Fahnen, Hymnen werden gesungen, und ich warte auf die ersten Schritte meines Sohnes. Ihr wollt es nicht hören, ihr verschweigt mein Sehnen, euer Schweigen düngt die Eiterbeule in meiner Achsel. Ich werde hier bleiben … Ihr werdet mir immer wieder erzählen, wie groß und prächtig euer Land, eure Maschinen sind, ich werde es hören und vergessen. Aus gedämpften Zimmerlichtern Ioniens werde ich mir Perlen auf den Hals reihen. Wisst ihr, wie eine brennende Wunde den

Stein entzweien kann, ich weiß es … Ich musste es erfahren. Jetzt, im warmen Zimmer, am knisternden Holz sitzen, dem Vaterland Stern auf Stern, Mond auf Mond, Größe und Pracht widmen, das alles hätte ich machen können, hätte dieser Brand mir Ruhe gegeben. Es geht nicht. Keinen einzigen Tag hat das Schicksal selbst meine Haare geflochten oder den Schnee vor meiner Haustür geschaufelt oder die Kohle in meinen Ofen geworfen. Und wenn da jemand war, war die Rechnung untragbar. Ich sollte nicht nachtragend sein, die Weltordnung wollte es so! Ich sollte über meine Trauer springen, auf diese Trauer springen, diese Trauer kleinstampfen. Mit väterlicher Stimme Furcht einjagen, ja, das konnte eure Weltordnung. Entweder bleibst du der Lehm oder du gehörst dem Sumpf, sagten sie. Ich musste das Kind, das ich mit wunden Warzen gestillt habe, der Ferne verpfänden. Gib ihn zurück, rief ich. Er füllt die Lücke in der Akte, rief sie zurück. Ich blieb die harte Schale in ihrer Presse. Zuerst ließ sie mich stehen, mich, das verwundete Tier, dann jagte sie mich weg, mit Tränengas, mit Diplomatie. Es nützte alles nichts, ich kenne das alles nicht, ich kenne nur mein Kind. Wisst ihr, kein Kind ist erwachsen, bevor seine Mutter stirbt. Ich lebe noch! Wisst ihr?

Dinçer, Istanbul, 1997

Vor den Orangenplantagen das Goldene Horn / Dinçer

In meinem Atem rieche ich das Seufzen der Fischer auf der Galata-Brücke. Meine Schritte werden immer langsamer. Die Seitenstraßen von Beyoğlu sind heute Abend mit einer ungewöhnlichen Stille gepflastert. Ich laufe trägen Schrittes an hohen Gebäuden entlang. Ein armenisches Volkslied pfeift die Bordsteine glatt. Seltsam, diese Stille … Vielen Fenstern fehlen die Gardinen, die Uhr an der St. Antonius-Kirche stillt die eingeschlafene Renaissance. Auf das Ziffernblatt dieser Stadt sind mehr als zwölf Geschichten geschrieben … Hier, auf diese Fläche sind die letzten Samen des Sultans gefallen.

Vor dem Gay Hamam sitzen drei kurdische Männer, einer kämmt sich den Schnäuzer. Ich bitte um Feuer, alle drei greifen in ihre Taschen, einer schenkt mir Streichhölzer, ich zünde mir die Zigarette an. Ein paar Häuser weiter werde ich von einem jungen Mann angesprochen. Hier, auf dieser Fläche zittern die entwurzelten Geister, immer noch.

Na, Kollege, in welchen Wassern bist du ertrunken?

Na, Kollege will ich antworten. Lass es aber sein. Wörter können scharf sein. Ich weiß, er weiß es auch.

Wie wäre es mit einem kleinen Fest. Da oben in meinem Zimmer.

Zeigt auf das Fenster eines zerfallenen Hauses. Vielen Fenstern fehlen hier die Mauern.

Woher kommst du denn? Aus dem Osten? Diese Schlitzaugen, aus der Mongolei, hab ich recht?

Vielen Fenstern fehlen hier die Gesichter …

Von der reifen Sorte nehme ich das Doppelte, aber dir mache ich einen erträglichen Preis.

Ich schmunzle ihn an, gebe ihm eine Zigarette. In der Schachtel sind noch fünf Streichhölzer.

Ach, wie großzügig, dafür verpasse ich dir eine nette Massage. Erzähl doch was von dir, nur mit Schmunzeln kommst du mir nicht weg.

Ich hänge die Wörter an meine Stimme. Meine Wörter: verkalkt, wie die Wäsche auf den Leinen.

Ich bin nicht aus der Mongolei. Ein Eunuch hat mich in einem Korb auf die Wasser des Goldenen Horns gesetzt. Die Möwen haben es mir erzählt, sie haben mich in all den Jahren mit Brot und Keksresten gefüttert. Nach 35 Jahren bin ich an Land gekommen. Wollte mich hier umschauen, wie es so ist auf dem festen Boden.

Du Schelm, bist ja ein richtiger Witzbold. Ich mag Typen wie dich. Und wer hat dir die Sprache beigebracht. Die Möwen oder was?

Nein, in keinem anderen Wasser der Welt rudern so viele Sprachen wie auf dem Goldenen Horn.

Viele meinen, sie wurden vor Jahren weggetrieben – aber nein, sie halten sich hier an ihren Geschichten fest. Du bist doch der Strichjunge, der in Palästen ordentlich verputzt wurde?

So ähnlich, so könnte meine Geschichte aussehen.

Weißt du, diesen Sommer werde ich heiraten. Muss noch ein wenig Geld sparen und nach der Hochzeit darf ich die Orangenplantagen meines Vaters in Adana übernehmen. Er denkt, ich studiere in Istanbul. Längst abgebrochen. Ist auch egal, Hauptsache, ich kehre nicht mit leeren Taschen in die Heimat zurück.

Aus seiner Tasche nimmt er ein geknicktes Passfoto heraus. Er zeigt mir das schöne Mädchen. Unschuldig und unerfahren in seinem sanften Blick.

Wünsche euch beiden viel Glück im Leben. Ihr werdet ein schönes Paar. Und lass dir den Geist nicht zu tief zerstümmeln, pass auf dich auf.

Du redest schon wie ein Vater, mit nem Fick wird es, glaube ich, nichts mehr.

Ich gebe ihm die Zigaretten und die Streichhölzer, nehme Abschied.

Du, Großer, ich heiße Sedat, du kannst uns nächstes Jahr in Adana besuchen.

Schmunzelnd nicke ich und laufe die enge Straße hinunter. In meiner Jackentasche ein Bild meiner Kinder. Damit wärme ich mir die Hände. Es ist schon Mitternacht. Flüstere ein Lied gegen die Möwenschreie. Die enge Straße führt mich auf einen Boulevard in Tophane. Zwei verspielte Delphine im Bosporus ergänzen die Geschichte der Nacht. Hinter meinem Rücken reißen die Männer stöhnend die Wahlplakate von den Mauern. Am nächsten Morgen wird das Volk seinen Sultan wählen.

Aber alles ist gut … Die Möwen haben ihren Himmel, die Strichjungen ihre Orangenplantagen, die Delphine den Bosporus. Drei Gründe, weiter an Märchen zu glauben.

Dinçer, Istanbul, 1998

Der Traum / Fatma, das kleine Mädchen

Atemlos laufe ich über die weiten Felder, über die Hügel, springe über die Felsen, laufe durch die Pappelwälder, laufe zur Sonne, der Wind reißt mir das Tuch vom Kopf. Ich laufe mit offenen Haaren, meine Mutter darf mich nicht so sehen, so nackt, sie wird mich hauen … Aber jetzt laufe ich einfach weiter, barfuß, die Plastikschlappen haben sich von selbst aufgelöst. Unter meinen Sohlen sammeln sich Disteldornen, immer mehr, eine Schicht, zwei, drei … ich werde größer, spüre dabei keinen Schmerz, die Hornhaut schützt mich! Bis zur Sonne ist es noch zu weit, am schwarzen Brunnen bleibe ich stehen, werfe die Holzlatten zur Seite, gehe auf die Knie, stecke meinen Kopf in das schwarze Loch, meine Locken hängen wie gerupfte Girlanden in diesem Loch. *Ich bin die Fatma! Wo seid ihr, ihr, all die Dämonen, hört ihr mich?* Mehr als das Echo meiner hohen Stimme höre ich nicht! Die Älteren erzählen hier, dass unzählige Kinder in dieses Loch gefallen sind, weil sie nicht gehorsam waren. Viele Väter haben ihre Töchter hineingeworfen, weil diese nach der Hochzeitsnacht zurückgeschickt wurden, das Blut fehlte auf dem Laken. Männer wollten Blut auf dem Laken sehen, die Kraft ihrer bohrenden Männlichkeit, ihre Macht. Die weiße Fläche der Sünde wurde mit einem dreckigen Opfer gefüllt! Viele haben sich in diesem Brunnen in schwarze Ziegen verwandelt, haben sich in Nachbardörfern verteilt, überfallen nachts die Träume anderer Mädchen, erschrecken sie, klauen ihnen den Verstand, so können diese Mädchen, untauglich für eine Ehe, niemals als Braut auf dem weißen Pferd zum Hof des Bräutigams getragen werden, so bleiben sie geschützt, unter missachtenden Blicken der Väter, Mütter, Geschwister, Nachbarn, aber geschützt, bis zu ihrem Tod im Elternhaus. Von

Dämonen, die das Bett der jungen Männer mit Schweinefett beschmieren und ihre Potenz aufsaugen, wird nie offen gesprochen, aber solche soll es auch geben. Dann höre ich den schwarzen Zug, einmal die Woche fährt er hier durch, genau da, wo die drei Mandelbäume stehen. Ich stehe auf, lege die Holzlatten wieder auf den schwarzen Brunnen, laufe nun hinter *dem schwarzen Zug* her! In diesem Zug sollen Männer sitzen, einige davon sind Vaterlandsverräter, die kommen hinter Gitter, werden dort verprügelt, bis ihre Seele aus ihrem Körper flieht, andere fahren nach Istanbul, in diese große Stadt, wenn man da einmal hinkommt, gibt es keinen Rückweg mehr, diese Stadt soll Menschen wie Kaugummi kauen, das Blut aussaugen und dann schlucken, das wissen alle, aber eine andere Flucht vor der Armut gibt es auch nicht. Einige der Männer, die feste Hoden haben, dürfen weiterreisen, nach Alamanya. Alamanya soll ein anderer Planet sein, fliegende Kutschen, singende Kühe und tanzende Flüsse soll es dort geben. Der schwarze Zug fährt weiter, er fährt aus meinem Traum, ist auch gut so, nie will ich in diesem schwarzen Zug sitzen, nie will ich meine Mutter, meinen Vater, meine Brüder hier allein lassen, ich will auch nie heiraten, die Männer wollen nur das eine Loch finden und ihr Ding da reinstecken. Das Blut auf dem Laken sehen. Ich lege mich jetzt in den Schatten des Mandelbaums, ich bin ein wenig müde von diesem Traum ... Im Schlaf habe ich vielleicht ein wenig Ruhe. Danach suche ich nach meinem Tuch, mit offenen Haaren kann ich nicht nach Hause laufen, Mutter würde mich unten im Hof schnappen und mir eine klatschen, vielleicht zwei, drei.

Im Schlaf gibt es auch keine Ruhe, das unendliche Zirpen der Grillen, der klebrige Rübensaft im Mund, viele Kinder sind daran erstickt, der militärische Marsch der Ameisen zwischen meinen dünnen Beinen. Liebe Welt, kannst du bitte stehenbleiben, bitte, musst du dich immer drehen, mir ist schwindelig, bleibe bitte für einen Moment still, bitte.

Im Schlaf lerne ich neue Sprachen, die Eidechsen, die Steine, die Kräuter … alles hat seine eigene Sprache. Ich rede mit allen in einer gebrochenen Sprache, sie verstehen mich, antworten auf meine Fragen. Dann drehen sich alle mit dem Rücken zu mir, schließen einen Kreis, erzählen über mich.

Die Eidechsen:

Wie schön klangvoll diese Stimme ist. Als ob die verruchten Seelen in heiligen Bädern von Neuem gesegnet werden. Diese rosenduftende Stimme, die die schlafenden Blüten des Glaubens zum Gedeihen erweckt. Diese Erde ist zu trocken, unfruchtbar! Diese Stimme wird wie alle anderen eines Tages mit diesem schwarzen Zug verschwinden und nie mehr zurückkehren. Wie die Kinder, die hinter dem ergreifenden Klang des Flötenspielers hermarschiert sind. Das Dorf wird all seine Kinder verlieren. Die Mütter und Väter werden nach ihren Kindern suchen. Wie der Nordstern werden diese Kinder nicht mehr zu finden sein.

Die Steine:

Unter diesem Himmel klingt diese Stimme wie die Saiten einer Harfe, die von einem traurigen Engel gespielt wird. Hier ist Anatolien, hier ist die Steppe. Hier werden die schönsten Märchen erzählt, hier müssen die Kinder früh ihre Flügel ablegen.

Die Kräuter:

Die Stimmen dieser Kinder rieseln vom Himmel herab. Fallen als Tau auf unsere Körper. Es sind wunderbare Stimmen, einsame Stimmen, wehende Stimmen! Stimmen, die wie Saat Geschichten auf die Erde streuen. Einige dieser Geschichten schlagen Wurzeln, gedeihen, einige trocknen aus, gehen im Schweigen der Zeit verloren. Es sind wunderbare, einsame, wehende Stimmen!

Fatma:

Ich war einmal … ich war einmal … ich war einmal in einem Land, wo die Wasser in die Risse der Erde mündeten, ich war in einem Märchen, wo der Schnee bis zur Brust lag. Dort gab es Stimmen, sie kannten jedes Geheimnis des Lebens. Der Wind hat mir fein die Haare gekämmt, die Erde hat meine Wunden geheilt. An einem trüben Mittag, an dem ich den Kranichen meine fröhlichen Lieder sang, hörte ich aus der Ferne die Tanzmusik, sie wurde immer lauter und lauter. Ich sah mich, zwischen meinen Zehen die Wolle der Teppiche, ich sah mich, in einem Brautkleid neben einem Mann, ich sah mich, mit einem ängstlichen Blick in einem *schwarzen Zug*, mich, in einem blauen Kittel vor einer donnernden Maschine. So habe ich mein Märchen im Licht einer Kerze gestrickt.

Fatmaaaaaaaaaa, wo zum Teufel steckst du wieder! Das ist die Stimme meiner Mutter, sie hört sich wieder frustriert an. Aber was sucht sie jetzt in diesem Traum? Bestimmt hat sie wieder die Tannenzapfen, die Balken im Hof angezündet, das Feuer berührt bestimmt schon den Himmel. Entweder muss die Wäsche gekocht oder das neue Holz gestapelt werden. An solchen Tagen darf ich nicht zur Schule. *Wofür braucht ein Mädchen die Schule, bald wird es eine Frau, dann wird es heiraten, seine Kinder gebären, dem Mann die Füße waschen!* Vielleicht hat sie recht, ich weiß nicht. Aber zuerst muss ich mein Tuch finden. Atemlos laufe ich zurück, über die weiten Felder, über die Hügel, springe über die Felsen, laufe durch die Pappelwälder. Am Wegrand steht ein alter Mann mit einem Gehstock, im weißen Gewand. *Komm her, mein Mädchen.* Seine sanfte Stimme zieht mich an, wie gefesselt stehe ich vor ihm. Er legt seine Hand auf meine Stirn. *Mein gutes Mädchen, genau hier liegt ein Brutnest, da wird bald ein Adler schlüpfen, dieser Adler wird zu früh das Nest verlassen. In seinem Schicksal sehe ich einen weiten Weg, einen anderen Himmel und sehr viel Einsamkeit, mehr als ein Menschenkind ertragen kann. Diese Einsamkeit wird von Tag zu Tag wachsen, sie wird die Wurzeln der Bäume aus der Erde reißen, Häuser bauen, unter Trümmern bleiben, sehr viele Tränen vergießen, aber auch dieser Welt eine Geschichte hinterlassen, ein Märchen! Hier ist dein Tuch, nimm es und laufe zu deiner Mutter, sie braucht dich.* Während ich die Spitze des Tuches um meinen Nacken wickle, löst sich der alte Mann in Luft auf.

Ich stehe im Hof, sehe meinen Vater auf dem Boden liegen, sehe den Ochsenwagen, die Stadt, ich flicke Teppiche, meine Hände sind wund. Ich sehe das Fahrrad, den Mann mit dem riesigen Kopf. Er will das Blut auf dem Laken sehen, ich lasse das kirschrote Blut fließen, jetzt darf ich in den schwarzen Zug steigen. Der Adler ist nun geschlüpft, ich fahre den weiten Weg, stehe unter einem fremden Himmel. Eine neue Einsamkeit empfängt mich, sie riecht nach Eiche, nach Kohle, nach Maschinenöl. Ich höre tausend Stimmen, alle rufen nach Fatma, mein Name steht auf tausend Papieren, die ich mit zitternder Hand unterschreibe. Ich sammle Zweige, baue mein eigenes Nest, aus dem Traum wird ein Märchen.

Ein Traum oder ein Deutschlandmärchen

Eine Theaterbühne in Deutschland. *Fatma trifft Ophelia*

F: Ist das meine Heimat, mein ganzer Verdienst, ist das der Preis nach allen Entbehrungen?

O: Fatma, das Leben kannst du nicht in Truhen schützen. Hat man es dir nicht gesagt?

F: Mir hat man gesagt, arbeite und verdiene dein Geld, hat man mich belogen?

O: Die Lüge ist das Raster unserer Geschichte. Die Zweige, die Blätter wissen es, du müsstest es auch wissen.

F: Aber woher hätte ich das wissen sollen?

O: Schweigen bedeutet hinnehmen, schweigen bedeutet Kapitulation an dieser Front.

F: Wem gehört nun die Schuld, diese kurzatmige Vergangenheit, wer hat sie so geschrieben?

O: Fatma, schau in den Spiegel, in dein Bett, schau ins Dunkle der Nacht, in der du liegst.

F: Bin ich der Nehmer oder der Geber?

O: Du, du bist das Selbstbildnis des Traums, die Blüte der welken Nelke.

F: Die wollten immer mehr, immer mehr, der Adler ist müde!

O: Fatma, du hast den Schlamm in das klare Wasser gerührt, siehst du, dein Gesicht ist verschwommen.

F: Diese Fracht ist so schwer.

O: Der Blick in die Wahrheit ist die höchste Last der Seele. Weder der Himmel noch die Erde werden es tragen können. Hier ist der Nabel eines Kreises. Hier wirst du dich drehen, dich suchen, dich verlieren, vielleicht wiederfinden. Du stirbst, lässt sterben, mit allen Varianten des Verlusts wirst du geprüft. Über dir fliegen Falken, Spatzen, hinter dem Vorhang deines Auges beginnt jeden Tag ein neuer Flug.

Letzte Szene, *Ophelia*

Hier ist es so, auf einmal bist du das Holz des Feuers, die Tinte deiner Schrift, der Schlüssel des Schlosses, das Tor deines Traums. Hast nur diesen Willen, leben, weiterleben, atmen. Deshalb betrittst du wie ein Wild jede Falle, stellst dich vor jede Niederlage, kniest vor jedem Messer und wirst doch wieder Wind, um das Leben nicht zu verpassen. Du besingst die Stacheln des Kissens, baust Schaukeln auf deinem zungenlosen Willen. Mit einer Haut, die dir verborgen blieb, gehst du auf Reisen. Das Unkraut an Wegrändern sammelst du in einem Mörser, trägst es auf deine wunden Brustwarzen auf. Die Gesichter, die du nicht küssen durftest, sammelst du in einem eingeschlagenen Spiegel. Hier ist es so, hier glüht die jahrhundertealte Bescheidenheit des Frauseins, hier wird sie zur Asche, zum Staub. Es kommt der Tag, da erwacht der Drache aus seinem Schlaf, breitet die Flügel aus, sucht nach einem unbewohnten Himmel. Er schöpft neue Geschichten aus seinen wunden Stellen, Geschichten, wie du, wie ich. Nur die Geschichte kann die Wahrheit sein, nur sie kann diesen Eisberg zersprengen. Fatma, ich gehe auf eine neue Reise, in eine andere Gegenwart, pass auf dich auf.

Epilog / Fatma

Fatma ist mein Name. Ich bin die Mutter von Dinçer. Hier, am Himmel Deutschlands schweben unsere Geschichten, meine und meinesgleichen. Ich beobachte die Menschen auf der Straße, Menschen mit ihrer Eitelkeit, als ob sie Berge versetzen könnten, als ob sie Meere überquert hätten. Wir werden auch immer wieder kleingemacht, wir hätten uns nicht integriert, heißt es, wir wären ungebildet und immer nur Arbeitstiere geblieben. Was soll ich sagen, mehr wollte man nicht von uns. Natürlich hätten wir vieles besser machen können. Aber ich frage euch jetzt: Wenn du auf diesem Planeten nur ein Baum ohne Wurzeln bist, wie weit kannst du deine Äste strecken? Unsere Aufgabe war es, die Arbeit zu erledigen, die man uns vorgelegt hat. Wir wollten ein bisschen Geld verdienen und zurückkehren, aber diese Verlockung macht dich unersättlich, undankbar.

Bitte, glaubt nicht, dass wir keine schöneren Träume hatten, ja, die hatten wir. Es waren schöne Träume … Sagt, was ihr wollt, aber bitte, aber bitte nicht mit herablassenden Blicken. Macht ihr es besser, schöner.

Fatma ist mein Name, die Gastarbeiterin, die Akkordbrecherin. Alles, was bei mir keine Sprache fand, soll auf euren Zungen die Seiten aufschlagen. Wenn ihr mir erlaubt, will ich euch einen kleinen Rat geben. Wir haben blind danach gestrebt, den Schmerz der Entwurzelung mit Eigentum, mit Geld zu heilen, vergebens … Ihr sollt besser leben, freier, ohne Ängste. Jede Last, jeder Schmerz ist vergänglich, traut euch, habt keine Angst vor dem Leben.

Dinçer, ich bin müde, setze diesem Märchen einen Punkt. Und weißt du, ob Heidi schon die Schuhe bekommen hat?

Fatma und Dinçer, 2022. Foto: Studio Özgür, Uşak / Türkei

Danksagung

Dieses Buch zu schreiben, war wieder eine neue Reise für mich. Eine Reise, auf der ich wieder und wieder in den Spiegel schauen musste. Um das nackte Bild von sich selbst zu akzeptieren, braucht man manchmal Jahre, manchmal reicht auch ein ganzes Leben dafür nicht aus.

Ich habe versucht, Ihnen eine Geschichte zu erzählen, mit allen Marotten und Verwirrungen. Ich hoffe, sie schafft es, Sie in eine neue und doch bekannte Welt zu locken. Nun ist es auch Ihre Geschichte.

Für Wolfgang, Ayşe, Özgür, Yılmaz, Fatma, Nikola und alle, die mit Körperkraft und Schweißperlen auf der Stirn, mit Verstand und Gewissen versuchen, das Leben für sich und für alle erträglicher zu gestalten.

Euer Dinçer

Inhalt

Gün Tank

Die Optimistinnen

Roman unserer Mütter

Die Geschichte von Nour und ihren Freundinnen ist eine Geschichte von Mut, Tatkraft und Optimismus. Die Gastarbeiterinnen und ihre Bewegung, ihre Solidarität und ihr Glaube an Gerechtigkeit haben dieses Land verändert.

»Gün Tank erzählt von der Politisierung einer jungen Frau in der BRD der 70er Jahre. Migrationserfahrung und Klassenkampf sind hier zwei Seiten einer Medaille. Die Geschichten der Menschen dieser Generation sind es, die die Fundamente des heutigen Deutschland erzählen. Gün Tank schreibt gegen das Vergessen an.«

Deniz Utlu

208 Seiten, gebunden

Luna Ali
Da waren Tage
Roman

Aras nimmt die syrische Revolution zunächst nur aus der Ferne wahr, geboren in Aleppo, aufgewachsen in Deutschland, ist er 2011 im ersten Semester seines Jurastudiums. Doch Jahr für Jahr wird der Konflikt in Syrien immer mehr zum Teil seines Alltags.
In ihrem eindrucksvollen Debütroman erzählt Luna Ali von der Bedeutung politischen Handelns und kollektiven Begehrens in unserer Gegenwart. Und davon, wie sich die Gewalt in Syrien in das Leben und die Sprache ihres Protagonisten einschreibt.

304 Seiten, gebunden
978-3-10-397550-5

Weitere Informationen finden Sie auf
www.fischerverlage.de

Behzad Karim Khani
Hund, Wolf, Schakal

Behzad Karim Khanis Debüt über das Schicksal zweier Brüder verbindet die Härte der Straße mit der Melancholie iranischer Prosa: Nach der Hinrichtung der Mutter im Tumult der Iranischen Revolution fliehen der elfjährige Saam und sein kleiner Bruder Nima mit ihrem Vater nach Deutschland. Doppelt fremd im arabisch dominierten Neukölln, fristet der Vater ein Leben zwischen Taxifahren, Backgammon und Scham, während Saam versucht, die Rolle des Familienoberhaupts auszufüllen. Mit allen Mitteln erkämpft er sich Respekt unter den brutalen Straßengangs, um seinen Bruder Nima zu beschützen. Bis er eines Tages zu weit geht.

Roman
288 Seiten, broschiert
978-3-596-70881-9

Weitere Informationen finden Sie auf
www.fischerverlage.de